너에게 한결같은 사람이 되고 싶다

너에게 한결같은 사람이 되고 싶다

초 판 1쇄 2023년 10월 18일

지은이 한주안
펴낸이 류종렬

펴낸곳 미다스북스
본부장 임종익
편집장 이다경
책임진행 김가영, 신은서, 박유진, 윤가희, 윤서영, 이예나
사진 지은영

등록 2001년 3월 21일 제2001-000040호
주소 서울시 마포구 양화로 133 서교타워 711호
전화 02) 322-7802~3
팩스 02) 6007-1845
블로그 http://blog.naver.com/midasbooks
전자주소 midasbooks@hanmail.net
페이스북 https://www.facebook.com/midasbooks425
인스타그램 https://www.instagram/midasbooks

ISBN 979-11-6910-348-0 03810

값 19,800원

너에게 한결같은 사람이 되고 싶다

한주안 지음

미다스북스

차

례

1부 안온한 밤이 되세요

2부 너를 온전히 맞는다

3부 한결같은 사람이 되고 싶다

4부 그럼에도 불구하고 너를 사랑해

1부 안온한 밤이 되세요

연주황빛 마음

그곳의 잔디밭은 녹색 바탕에 울긋불긋한 선을 마구 그어댄 듯했습니다. 바람결에 바스러지는 계절은 초록의 향기를 주었습니다. 우린 적당한 경사에 사뿐히 앉았습니다. 시선의 끝에는 잔디밭과 하늘이 맞닿았습니다. 닿을 수 없는 이들이 끌어안고 있습니다. 하늘엔 해가 구름에 반쯤 가려 있습니다. 아니 어쩌면 해가 가려진 것이 아닐 수도 있겠습니다. 구름은 태양을 숨길 만한 능력이 없으니, 해가 구름 뒤에 있기를 택한 것이 맞겠습니다. 감춰질 수 없는 빛이 스스로 가려지기를 택했습니다. 태양은 그만큼이나 구름과 함께하고 싶었나 봅니다. 자신을 긁어 파내어 소실된 만큼 구름을 끌어안고 있습니다. 그런 태양은 곪은 초승달의 형상을 띱니다. 그러고선 하늘에 연주황색의 쭈뼛한 마음을 퍼트립니다. 나는 그런 태양의 수줍은 사랑을 좋아합니다.

우린 손을 잡고 들판을 유영했습니다. 중력을 거스른 채로 서로 기대어 부유했습니다. 서투른 몸짓으로 몇 번이고 삐걱거렸지만, 서로에게 건네던 모든 눈빛은 진심이었습니다. 우린 서로에게 잠겨서 허우적댔습니다. 부서지기 쉬운 유리구슬을 들고 있는 듯이 만질 수 없는 서로의 마음을 조심히 들었습니다. 우린 춤을 추듯 헤엄치며 들판을 나돌았습니다. 단 하나의 몸짓도 놓치지 않으려 애를 쓰며 서로를 눈에 머금었습니다.

그러면서도 당신은 연거푸 내 팔의 상처를 어루만집니다. 이미 거의 아물어 흉터가 다 되었는데, 연주황빛 온기를 연고 삼아 몇 번이고 되뇌어 덧칠합니다. 잘 보이지도 않는 흔적에 이마를 대고서 아프지 않게 해달라고 기도를 합니다.

그게 당신의 사랑이었습니다. 당신이 사랑을 정의하는 방식은 그랬습니다.

바보같이 끌어안고

오늘 저녁엔 비가 온다고 합니다. 우산은 챙기셨나요. 당신의 안부를 홀로 머금는 것도 어느덧 제법 익숙해졌습니다. 조금이나마 당신을 닮아버린 탓에 이제는 나도 우산을 챙기는 것을 까먹지 않습니다. 오늘은 우산을 쓰고서 바다에 가보려고 합니다. 비가 추적하게 내리기에 오늘은 아무도 바다를 가까이서 바라봐 주지 않겠죠. 그러나 바보같은 바다는 더욱 있는 힘껏 자신의 몸을 쳐댑니다. 그러고는 당신을 향한 나의 그리움도, 누군가의 서글픔도, 당신의 외로움도 모두 주워 담고서 돌아가 버립니다. 어찌나 바보인지 혹여나 놓고 간 것이 있을까 봐 몇 번이고 다시 옵니다. 하지만 나는 그런 파도의 미련함을 사랑합니다. 제 몸 망가지는 줄도 모르고 모두 끌어안아 버리는 사랑의 방식을 동경합니다. 나의 마음은 당신을 모두 담을 만큼 깊진 않지만, 그렇기에 쉽게 파도칠 수 있습니다. 한 번에 담아내지 못하더라도 몇 번이고 끌어안고 싶습니다.

사랑을 불러도 될까요

눈을 감았다 뜨면 푸른 초원에 있었으면 좋겠어요. 끝을 보려 하면 하늘이 보이는 곳. 한 켠엔 동산이 있었으면 해요. 그 허리는 구름이 감싸고 있을 거예요. 여기선 보이지 않는 저 꼭대기에도 누군가는 사랑을 소리치겠죠. 들리지 못하고 돌아가게 되어도 그 소리는 여전히 사랑을 말하겠죠.

꿈처럼 그 사랑이 들릴 때 우리도 그곳에 올라가요. 앞장서 가는 내 모습이 조급해 보여도 용서해 줘요. 안개가 우리의 표정을 머금을 즈음에는 못다 한 이야기 해줄 수 있나요. 울음 머금은 표정 지울까 걱정하지 말아요. 안개를 지나칠 즈음에는 웃어내 볼게요.

정상에 다다르면 사랑을 불러도 될까요. 나에게만 돌아오게 마음속으로 부를게요. 바람도 모르게. 언젠간 나도 모르게.

밤이 어두웠으니 천천히 가라

지브리 영화 OST를 듣는 것을 좋아한다. 영화 속 그들과 같은 공간을 공유하며, 같은 감정을 느끼고, 같은 공기를 호흡하는 것만 같은 들뜸이 나를 설레게 한다. 나의 감정이 더 동요될수록 내가 그 기억들을 더욱 사랑했다는 뜻이겠지.

종종 네가 좋아하던 노래를 듣는다. 예전엔 단 한 번의 호흡도 어려웠는데, 이제는 노래를 들으며 짧은 호흡을 내쉴 수 있다. 노래가 무뎌진 것일까. 어쩌면 네가 무뎌진 것일까. 구분할 수 없어 무서운 마음이 든다.

밤이 어두웠다. 부디 천천히 가라.

아침이 오면 기어코 꽃 한 송이를 심어야지. 너는 없지만.

가을

가을로 가자. 아무런 걱정 없이. 사사로운 마음들을 건너 가을에 가자. 푸르름을 잃어도 좋으니. 붉게 물든 눈시울로 가을로 가자. 하염없이 흩날리게 되어도 좋으니. 어리숙한 웃음으로 춤을 추러 가자. 부끄러워 말할 수 없을 수줍은 마음 낙엽 사이 숨겨두고, 하늘을 보며 잠깐 걷자. 그러다 고개가 아파오면, 잠깐 멈춰 서로를 보고는 숨겨둔 마음 찾으러 가자. 내 손을 잡고 가을에 가자. 저 길모퉁이 피어 있는 샛노란 꽃도 함께 데려가자.

어바웃 타임

'너는 시간을 되돌릴 수 있다면 무엇을 바꾸고 싶어?' 마치 내가 어젯밤 본 영화를 들킨 것 같은 질문에 머쓱한 미소를 지었다. 그리고 한참을 머뭇대다 아무것도 바꾸지 않을 것이라 답했다. 고민의 첫 갈림길에선 결정을 했던 나의 마음들이 떠오르다가, 길을 걸어가면 갈수록 그곳엔 네가 존재했다. 너의 표정이 존재했다. 그 향기를 쫓아 걸으니 마지막 도착지엔 너의 마음이 있었다. 그리고 결국 내가 바꾸고 싶지 않던 것은 내가 아니라 너였음을 발견했다.

겨울이 우리에게 올지라도 죽음은 오지 못하니. 너는 때때로 나를 환상 속에 데려간다. 그리고 그 환상 속에서 너와 영원히 함께하고 싶다는 또 다른 꿈을 꾸게 한다. 그렇다. 나는 너에게 영원을 주고 싶었던 걸지도 모른다.

환상 속에서 보았던 하얀 눈이 시야에서 흩날릴 즈음엔 너도 환상이 아닌 현실이 되어 있을지 문득 궁금해졌다. 변하는 것을 두려워하는 사람과 변하지 않으려 하는 사람. 그리고 주어져 버린 변하지 않는 마음이 서로 선회하며 또 다른 계절을 향한다. 언젠가 주저하지 않고 너에게 온전한 마음을 줄 날이 올 수 있을까.

중력

지구의 중력이 확 약해졌으면 좋겠어.

언제든 네가 보고 싶으면 날아갈 수 있게.

데이지 않게 식혀서 줘야지

어젯밤엔 빗방울이 무던히 내렸다. 그 마음에 힘입어 시냇물이 꽤나 불었다. 복숭아뼈를 겨우 잠그던 물이 이젠 정강이까지 품어낸다. 우린 물가에 도착하고서 각자의 나풀대는 바짓단을 세 번가량 접었다. 주저앉으면 무릎이 살짝 튀어나올 정도였다. 우린 신발을 벗었고, 양말은 그 속에 고이 넣어두었다. 그러고는 한 아름 정도 되는 바위에 나란히 앉았다. 우리는 한껏 심각해진 표정으로 머뭇대다가 서로의 표정을 발견하고는 깔깔 웃어댔다. 그러고선 약속이라도 한 것처럼 동시에 발을 담갔다. 발을 간지럽히며 유유히 흘러대는 물결을 한껏 느꼈다.

날이 꽤 많이 풀렸다. 덥다고 하도 소리치던 것을 태양도 들었나 보다. 그러니 태양은 우리를 한껏 사랑하는 것이 분명하다. 그렇게 뜨겁게 타올라 대면서 혹여나 우리가 다칠까 봐 온기를 쪼개어 준다. 사랑을 후후 불어 식혀서 준다.

그러나 태양에게는 미안하지만, 지금은 그게 중요한 것이 아니다. 내 옆에 네가 떡하니 앉아 있다. 혹여나 얼굴 붉어질까 슬픈 생각을 마구 해대지만, 아무런 소용이 없다. 주체 못 하고 흘러나오는 마음이 가령 네게 부담이 될까 무서웠다. 그렇기에 네가 다른 곳을 보는 틈을 타서 몰래 한 덩이 떼어 흘려보냈다. 그러나 물결은 그 심정을 모르는지, 잔뜩 불어 더 커진 마음을 강 위쪽에서 우리에게로 갑작스럽게 흘려보냈다. 나는 화들짝 놀라서 네가 한눈을 파는 사이에 몰래 주워 품에 다시 숨겼다. 그러나 완전히 숨기지는 못했던 것일까. 너는 그런 나를 보며 유독 심장 소리가 큰 것 같다고 놀려댔다. 나는 얼굴이 잔뜩 빨개져서 너를 쳐다보지도 못하고, 애꿎은 물가에 조약돌만 툭툭 던졌다.

너를 처음 좋아하게 되었던 것에 거창한 이유는 없다. 털썩 앉았던 의자가 꽤나 편했고, 그날 날씨가 기분 좋게 시원했다. 내가 적당히 피곤했고, 머리카락은 어정쩡하게 부스스했다. 그때 내 시선 끝에 하필 네가 있었고, 네가 웃는 모습이 지독하게 예뻤다. 그러나 사랑은 또 다르다. 그것만으로는 안 된다. 결국 내가 사랑하게 된 것은 네게 주고 싶은 마음이 있었기 때문이다. 너를 외로이 두고 싶지 않았다. 기댈만한 언덕이 되어주고 싶었다. 네가 슬퍼할 때면 얼마 되지도 않는 품을 다 내어주고 싶었다. 어떤 일이 일어나도 개의치 않는 담대한 사랑을 주고 싶었다.

내 마음도 너무나 뜨겁지만, 네가 데이지 않게 식혀서 줘야지. 그러다 네가 익숙해하면 조금씩 데워 주어야지. 그걸 너와 영원히 반복해야지. 너를 평생 사랑해야지.

풋내

사랑에 자격이 필요하다면

난 턱 없이 모자란 사람일 테죠

별 볼 일 없고 부족한 사람이니까요

그럼에도 내가 당신을 사랑할 수 있다면

우리가 우연이 모여 만들어 낸

운명이기 때문이라고 믿겠어요

그래서 말인데요

내가 당신을 좋아해도 될까요?

서로의 존재가 낭만이라 여기면서

낭만적인 사랑을 하고 싶다. 한겨울에도 뜨겁게 타오르는 벽난로의 장작처럼 모순적인 사랑을 하고 싶다.

온전한 믿음을 건네주고 싶다. 어떠한 모습이 아니라 존재 자체를 사랑하고 싶다.

부단히 외로움은 느꼈으면 한다. 범람하는 서로의 감정들을 존중해 주고 싶다.

깊은 물 속에서 사랑을 하고 싶다. 아픔의 잔상 따위에는 파도치지 않았으면 좋겠다.

나의 마음을 다 보여주고 싶다. 그러나 조급하지 않게 서로의 여백이 허락하는 만큼만.

미래를 그리고 싶은 사랑의 열망이 있었으면 한다. 은연한 미소를 그 사이에 듬뿍 넣을 수 있다면 좋겠다.

아무 말 없이 하루를 보내도 어색하지 않을 사랑이 하고 싶다. 잔잔하게 서로의 존재를 머금어 주고 싶다.

힘을 주지 않아도 되는 사랑을 하고 싶다. 서로의 존재가 낭만이라 여기면서.

윤슬이야!

하늘과 바다가 같은 빛깔을 띠던 날. 우리는 바다에 가장 가까이 앉아 파도 소리를 묵묵히 들었습니다. 시간이 지나며 해는 조금씩 움직였습니다. 바다는 한동안 잠잠하더니 갑작스레 완연한 반짝임을 내보였습니다. 우리는 그 황홀한 빛을 한동안 멍하니 머금었습니다. 한참을 바라보던 상대는 제게 말을 건넸습니다. '저건 뭐라고 부를까?', '그러게, 저것도 그냥 빛 아닐까?' 상대는 저의 대답이 못마땅했는지 고개를 양옆으로 두 번 젓고는 그 반짝임에 대해 찾기 시작했습니다. 완연한 빛도 사그라들고 이내 바다는 어둠을 내보였습니다. 저는 갈 채비를 하고 일어서려 했습니다. 그 순간 상대는 반쯤 일어난 제 손목을 덥석 잡더니 눈을 반짝이며 말했습니다. '윤슬이야!' 만연한 어둠 속에서 단연코 빛나던 그 눈을 잊지 못합니다. 저는 그 반짝임을 윤슬이라 부릅니다.

안아만 주세요

꿈을 꾸었습니다. 당신도 있었습니다. 나는 줏대 없이 흩날리는 공기 같았습니다. 존재가 희미했습니다. 나는 모든 감정을 읽을 수 있었습니다. 그런데 목소리는 없었습니다. 당신은 뚜렷하게 보였는데, 닿을 수는 없었습니다. 기약 없이 버둥대는 것을 그만두었습니다. 보이진 않았겠지만, 당신 곁에 머물렀습니다. 노래를 불러줄 수는 없지만, 마음이라도 어루만져 주고 싶었습니다. 당신은 하고 싶은 말을 잔뜩 가둬두기만 하고 하지는 않았습니다. 당신의 마음엔 여러 글자가 둥둥 떠다녔습니다. 그러나 명확하게 완성된 문장은 없었습니다. 어떤 마음도 범람하지 않고, 완연한 질서를 지키며 존재했습니다. 그런 당신이 참 안쓰러워 보였습니다. 나는 온 힘을 다해 당신을 위로하고 싶었습니다. 미약하여 보이지 않을 몸뚱어리를 힘겹게 이끌어 당신의 뒤편으로 갔습니다. 그러고는 온몸이 바스러질 만큼 당신에게 부딪혔습니다. 등을 토닥여 주고 싶었습니다. 소리 내지 못한 나의 위로를 들어준 것일까요. 당신의 마음이 이내 슬픔이라는 단어로 가득 찼습니다. 그러고는 곧이어 펑펑 울었습니다. 나는 어쩔 줄 몰라 발을 동동 굴렀습니다. 그리고 아까보다 더욱 거세게 당신에게 부딪혀 댔습니다. 나의 존재가 온통 부서져 소멸한다고 해도 상관없었습니다. 한참을 그러고 있으니, 당신이 흘린 눈물이 나를 잠그기 시작했습니다. 당신의 슬픔에 완연히 침수될 즈음 덜컥 잠에서 깼습니다.

나는 잠에서 깨자마자 허겁지겁 나갈 채비를 했습니다. 당신에게 전하지 못한 말을 건네야 했습니다. 산발이 된 머리로 신발을 구겨 신고 달렸습니다. 도착해서도 한동안 헉헉대기만 했습니다. 그런 나를 보며 당신은 적잖이 당황하셨었죠. 그런데 어쩌겠어요. 나는 우는 당신을 봤는걸요. 멀쩡한 당신을 와락 껴안았습니다. 그러고는 등을 두드리며 울지 말라고 다독였습니다. 당신은 처음엔 한없이 당혹스러워했습니다. 되레 나를 밀어내려 하더군요. 나답지 않게 이상하다고 하면서요. 그러나 나는 온 힘을 다해 당신을 안았습니다. 등을 토닥이는 것을 그치지 않았습니다. 당신은 이내 조용해지더니 한동안 미동이 없었습니다. 그러다 얼마 지나지 않아 울음을 터트렸습니다. 나도 우는 당신을 껴안은 채로 움직이지 않았습니다. 눈을 감고서 그저 숨을 죽이고 있었습니다. 간헐적으로 괜찮다는 말을 속삭일 뿐이었습니다.

그날 이후로는 꿈을 꾸지 않은 날에도 당신을 자주 껴안으러 갔습니다. 오늘 꿈에도 당신이 나왔다고 말했지만, 사실은 아니었습니다. 당신은 또 어떻게 알았냐며 안겨서 눈물을 쏟았습니다. 그러나 이제 나는 압니다. 당신을 너무 생각하는 나의 마음이 슬픔마저도 눈치챈 것입니다. 그래서 꿈에서까지 보곤 하는 겁니다. 사실 하고 싶은 말이 있던 사람은 당신이 아니라 나였습니다. 슬픔마저도 사랑해 주고 싶었습니다. 꿈 따위가 알려준 것이 아니었습니다. 사랑이 부른 것이었습니다. 용기 없는 내가 꿈에서라도 위로하고 싶었던 겁니다. 그렇게 해서라도 우는 당신을 그려냈던 겁니다. 그러나 이것은 나 혼자만 아는 비밀입니다. 혹여나 이 사실을 안 당신이 아픔을 더 깊이 감춰버릴까 봐 겁이 났거든요. 그러니 이는 나만 아는 또 하나의 사랑입니다. 내가 만들어 낸 꿈이고 기적인 겁니다.

사실 우리가 느낀 대부분의 우연은 누군가의 사랑이었을지도 모릅니다. 산타클로스가 되어 밤새 복작대며 선물을 준비하던 부모님의 사랑처럼. 음료가 우연히 원플러스 원이었다며 넌지시 건네주던 멋쩍은 미소처럼. 가는 길이 같다며 데려다주고선 한참을 걸려 되돌아가던 누군가의 발걸음처럼. 꿈같은 순간은 사실 누군가 밤새 사랑해 낸 시간일지 모릅니다. 그러니 이제 우연은 없고 사랑만 있습니다.

나도 당신에게 사랑을 주러 갑니다. 외로이 존재하던 당신의 마음에 알알이 사랑을 전하러 갑니다. 아득히 멀어 보이는 마음 사이의 간격을 건너러 갑니다. 불어대는 바람이 몸을 가누기 버겁게 하지만 괜찮습니다. 내 사랑이 더 무겁습니다. 힘겹게 휘청이면서 다리를 지나는데 문득 그런 생각이 들었습니다. 당신의 아픔을 위로하는 것을 나 혼자만의 전유물로 가두면 안 될 것 같다고요. 당신이 넘치게 사랑받고, 위로받았으면 좋겠어요. 물이 드문드문 찬 다리 때문에 다음 사람이 오기를 주저할까 봐 걱정됐습니다. 나는 바짓단을 야무지게 접고서 물을 퍼내기 시작했습니다. 건너고 싶은 다리가 되도록 만들고 싶었어요. 그러다 괜히 떨어지면 어쩌냐고요? 뭐 헤엄쳐서 가면 되죠. 물살이 조금 거세기야 하겠지만 괜찮아요. 내겐 당신이 더 중요한걸요. 도착하면 수고했다고 꼭 안아만 주세요. 그거면 다 돼요.

봄

내게도 봄이 찾아와
네가 내게 피어 줬으면

그게 나의 욕심이라면
내가 네게 필 수 있다면

별빛공원

오후 7시, 해가 하루를 끝내고 저물려 할 때면 어김없이 자전거를 타고 공원에 간다. 떠돌고 싶은 마음에 무작정 거리를 거닐다 발견한 공원이다. 인적이 드문 이곳은 노을이 특히나 아름답다. 하늘의 해도 누군가를 생각하고 있는 것인지 빨갛게 얼굴을 붉힌다. 그렇지 않다면, 누군가를 그리워하는 마음에 눈시울을 붉힌 것일까. 빨갛게 번져가는 하늘이 나의 마음도 붉게 물들이는 것만 같다. 만나러 갈 사람이 있는 듯 서두르는 해와 달리 물결은 여전히 잔잔하다. 누군가를 기다리고 있나 보다. 해가 저물고, 달이 하늘을 안온하게 비출 동안에도 물결은 여전히 그 자리를 맴돌고 있다.

해를 보아도, 달을 보아도, 일렁이는 물가를 보아도, 나의 생각은 모두 너로 귀결된다. 어쩌면 하늘의 노을은 너를 생각하기 위한 핑계였을지도 모르겠다. 언젠간 너에게도 저 하늘의 노을을 보여 줘야지. 그리고 물가에 비친 노을도 보여 줘야지.

해가 길어졌다. 널 더 오래 생각할 수 있겠다.

온기를 주세요

너는 내 어깨에 기대어 말한다. 슬프단다. 왜 슬프냐고 묻자 내일 못 봐서 그렇단다. 나는 서로 사진을 보내주면 된다고 한다. 그러니 너는 입술을 삐쭉 내밀며 그건 다르단다. 나는 그럼 영상 통화를 하면 된다고 한다. 너는 온 얼굴로 뾰로통함을 보이며 그것도 다르단다. SNS에 내일을 왕창 올릴 테니 그걸 보는 건 어떠냐고 묻는다. 그러니 그건 보는 게 아니란다. 도리어 보고 있어도 더 보고 싶어질 뿐인 것들이라고 한다. 나는 한껏 시무룩해진 너의 표정을 보고선 적잖이 당황했다. 나름 머리를 굴려 네가 좋아하던 책을 보러 가자고 한다. 오늘은 아무리 오래 봐도 방해하지 않겠다고 말이다. 너는 고개를 가벼이 저으며 괜찮단다. 이번엔 한강 공원에 가자고 한다. 폭삭대며 산책하는 강아지들을 사랑스럽게 보자고 말이다. 너는 한 손으로 턱을 괴며 무언가를 상상하는 것처럼 하더니 이내 그것도 아니란다.

바다. 잔디밭. 바람. 국화차. 처음 가보는 길목. 적잖이 먼 여행. 명란. 유성우.

지구 주위를 도는 인공위성의 안부를 묻고 오는 모양새로 네가 좋아하는 것들을 보고 왔다. 네 주위를 떠다니는 사랑의 글자들을 헤집으며 헤엄친 것이다. 그러나 모든 사랑을 대입해 보더라도 네가 기다리던 마음은 아닐 것 같아 이내 그만두었다.

나는 도통 모르겠다는 표정으로 그래서 무얼 해야 하냐고 물었다. 너는 이제서야 그걸 묻느냐는 눈빛으로 슬쩍 웃더니 말했다. 최선을 다해 품을 내어 달란다. 머리를 사랑스럽게 쓸어달란다. 사랑한다는 말을 잔뜩 속삭여 달란다. 그러니 온기를 달란다. 건네받은 따듯함 고이 쥐고 씩씩하게 살아보겠단다. 나는 그걸 어떻게 주어야 하는 것인지 몰라 허둥댔다. 그러다 이내 땀이 삐질삐질 날 정도로 최선을 다해 널 끌어안았다. 너는 내 어깨를 툭툭 치며 숨을 못 쉬겠다고 캑캑댔다. 내가 당황한 모습으로 어쩔 줄 몰라 하니, 너는 그런 내가 웃긴 지 활짝 웃어냈다. 네가 웃으니까 갑자기 마음 한편이 따듯해졌다. 나는 그게 온기인 줄 알고 온종일 너를 웃겨주려 바보같이 굴었다.

너를 바래다주고 나도 이내 집에 왔다. 어김없이 네가 보고 싶어졌다. 너와 활짝 웃으며 찍은 동영상을 봤다. 네가 말했던 대로 더 보고 싶어지기만 했다. 왜 그리울까. 보고 싶은 얼굴을 언제든 볼 수 있는 세상인데. 그것도 가장 예쁜 모습만 모아 볼 수도 있다. 찰나의 단절도 없는데 한없이 외로움이 가득하다. 참 이상한 세상이라 중얼거리고는 메고 나갔던 가방을 정리했다. 가방을 여니 다 식은 캔 커피가 있다. 날이 추우니 손난로로 쓰라며 네가 아까 건네준 것이다. 너를 마주한 것도 아닌데, 너를 본 것 같이 느껴졌다. 분명 이미 차

갑게 되었는데, 주위엔 김이 모락모락 나는 것 같다. 커피가 아니라 다른 뜨거운 것이 담겨 있나 보다. 나는 밤새 식지 않을 마음을 조금씩 들이키면서 왕왕대던 그리움을 달래줬다. 결국 사랑은 온기였다. 식지 않을 뜨거움이었다. 눈으로 본다고 외로움이 사그라드는 것은 아니었다. 쥐여준 온기를 머금고 그리움을 살아내는 것이었다. 그래서 네가 그랬구나. 온기를 달라고.

그렇다고 영원히 타오르는 불꽃은 없다. 그러니 꺼지려 할 때마다 조심스레 불어줘야 한다. 그게 아니면 꺼지면 다시 붙여주기라도 해야겠지. 네게 온기가 되어줘야겠다. 또 너의 온기가 버겁지 않게 나의 뜨거움을 몰래 떼어 주어야겠다. 그러나 줄어들지 않고 도리어 더 커진 사랑으로 너의 외로움을 불러내야겠다. 너를 결코 슬프게 두지 않아야지.

오늘은 너에게 줄 편지를 써야지. 삐뚤삐뚤한 손 글씨로 써야지. 삐거덕거리는 자전거를 타고서 가야지. 말하지 않고서 몰래 가서 전해줘야지. 직접 본 지가 오래된 일출도 오랜만에 만나야지. 해에게도 누군가는 아침 인사 건네줘야지. 네가 준비될 때까지 근처 공원에 가야지. 바람도 쐬고, 남몰래 노래도 중얼거려야지. 흘러가는 물도 보고, 물가에 비친 내 모습도 넉넉히 담아야지. 그러고는 서둘러 내려오는 너를 맞이해야지. 좋아하는 네 표정 한 번 보고 와야지. 밤새 품에 안고 데워 놓았던 온기를 전해 주러 가야지.

마음 보온병

너를 좋아하는 마음

보온병에 가득 담아

식지 않아 뜨거운 채로

너에게 줄 수 있다면

흘러가는 시간조차 쪼개어

너에게 줄 예쁜 마음 담으려 할 텐데

5호선 공덕역

당신은 나와 어디에 간 것이 가장 기억에 남나요. 나는 5호선의 공덕역을 기억합니다. 그날의 시작은 여의도 한강공원이었습니다. 기어이 낭만을 누리겠다며, 두 종류의 음식을 바리바리 들고서 한강으로 걸었습니다. 이제 와 생각해보면, 한껏 들떴던 나를 위해서 당신도 열렬히 그러한 척을 해주었던 것 같기도 합니다. 몇 월인지조차 기억이 나지 않는 그날은 적잖이 추웠습니다. 우린 돗자리를 빌려 강 가까이 자리를 잡았습니다. 서로 꼭 붙어 오들오들 떨면서 가져온 음식을 기어이 다 먹었습니다. 강을 구경할 틈도 없이 우린 서둘러 자리를 정리하고는 온기를 찾아 헤맸습니다. 덜덜거리며 걷다 눈이 마주쳤을 땐 서로의 꼴이 우스워 한참을 깔깔댔습니다. 그게 그리 좋았습니다. 그땐 우리가 참 낭만이 없다고 생각했었는데, 지금 돌아보니 꿈같이 빛나는 기억입니다. 그냥 걸음이 닫는 대로 걷다가 지하철을 탔습니다. 그리고 문득 공덕이라는 이름을 보고는 당신 손을 덥석 잡은 채로 내렸습니다. 당신도 나도 처음 가보는 곳이었습니다. 낯섦이 우리의 걸음을 더디게 만들었지만, 조금 느려져도 단 한 순간도 빠짐없이 진심이었습니다. 먹고 싶던 요거트 아이스크림을 먹었지만, 그건 잘 기억이 안 납니다. 그것보다 서로 긴장해서 우스꽝스럽게 꼭 붙어 다녔던 모습이 기억납니다. 새로움이 떨림을 주었는데, 우린 조금의 의심도 없이 서로가 원인이라 믿었습니다. 멋모르고 빛나던 그날 밤 공덕은 이상하게 조금도 춥지 않았습니다. 한 시간가량 있었던 그날의 기억을 우린 한 달이 넘도록 반짝이며 이야기했습니다. 그날 우리의 표정이 보고 싶어서 밤새 찾아보아도 흔적이 없습니다. 나는 아직은 선명한 기억을 힘껏 쥐고서 조금도 잊지 않고자 버둥댑니다.

이럴 줄 알았으면 사진이라도 많이 찍어둘 걸 그랬습니다.

온몸이 잠기고도 넉넉히

우린 유난히 사랑에 약했습니다. 깊지 않은 마음의 수심에도 푹 젖어 허둥대는 사람들이었습니다. 그런 우리가 만났습니다. 온몸이 잠기고도 넉넉히 서로를 주었습니다. 어떤 물결의 흐름도 거스르지 않고 그대로 사랑했습니다. 우린 손을 잡고 물에 둥둥 뜬 채로 유영했습니다. 이따금 파도가 매섭게 쳐대도 피하지 않고 모두 맞았습니다. 온몸이 꺾일 만큼 휩쓸려도 우린 미련할 만큼 손을 놓지 않았습니다. 누군가 우리의 사랑을 힐난해도 문제가 되지 않았습니다. 당신과 함께라면 불모지에서도 유채꽃밭을 가꿀 수 있을 것 같았습니다. 우린 그렇게 사랑했습니다. 무엇을 바라지 않아도 이미 온전했던 사랑을 했습니다.

안온한 밤이 되세요

커다란 보름달을 볼 때면 당신은 유독 아이같이 웃었습니다. 그 미소로 나를 쳐다보고서 보름달을 가리키고는 했습니다. 길 가운데 우두커니 서서 당신은 달을 보았고, 나는 살짝 고개를 틀어 당신을 보았습니다. 당신이 조금 더 웃었으면 하는 마음에 내일도 큰 보름달을 띄워달라고 기도했던 기억이 납니다.

이제 보름달은 있지만, 당신은 없습니다. 그래서 당신을 보고 싶을 때면 고개를 들어 보름달을 묵묵히 쳐다봅니다. 아무래도 나의 보름달엔 당신이 배어 있나 봅니다.

해가 오기를 서두르네요. 밤이 일찍 지려나 봅니다. 비록 전할 수는 없지만, 어둠이 다 가기 전에 밤 인사를 하고자 합니다.

부디 안온한 밤이 되세요.

2부　너를 온전히 맞는다

네가 좋아하던 것을 해줘야지

언젠가 너에게 사랑을 말하던 하루를 살 수 있다면, 나는 가장 먼저 무엇을 할까. 너의 얼굴을 쓰다듬는 것도 좋겠다. 붉게 달아오른 너의 뺨을 부드럽게 쓸어줘야지. 기댈 어깨를 내어주는 것도 좋겠다. 반대편 손으로는 헝클어진 머릿결을 넌지시 풀어줘야지. 너의 양 볼이 짓눌리게 두 손으로 잡고 선 네 눈을 바라봐야지. 깜짝 놀란 너의 눈이 동그랗게 커질 즈음엔 활짝 웃으며 사랑을 불러줘야지. 너를 데리고 달을 보러 가야지. 네가 가까이서 볼 수 있도록 너를 높이 들어줘야지. 바람이 서늘해질 즈음이면, 네 양손을 꼭 잡아줘야지. 네가 좋아하던 것들을 온통 해줘야지. 그때도 그렇게 말해줄

걸. 사랑을 속삭여줄걸.

경복궁 성벽

우리는 네 번의 계절을 함께 했습니다. 모든 계절이 지나는 동안 우리는 서로에게 사랑을 속삭였습니다. 멋대로 떠나는 계절 속에 변하지 않는 것은 당신의 존재였습니다.

나의 서울의 계절은 온통 새로운 것이었습니다. 그리고 모든 처음을 당신과 함께했습니다. 이제 서울 어느 곳을 가도 당신의 흔적이 남아 있습니다. 이따금 당신 목소리가 들린 것 같아 허둥대며 뒤를 돌아보곤 합니다.

나는 지금 경복궁 안에 들어와 있습니다. 함께 오지 못한 곳이지만, 이곳에도 당신의 흔적이 남아 있습니다.

경복궁에 들어가지 못해 성벽을 둘러 걸었던 날을 기억하시나요. 왼편엔 8차선 도로를 두고, 오른편엔 궁에서 새어 나오는 불빛을 둔 채로, 우린 긴 벽을 따라 한동안 걸었습니다. 그날 들었던 노래가 아직 기억이 납니다. 나와 같은 노래를 들으며 걷던 당신은 갑작스레 눈물을 쏟았습니다. 다른 이의 이름을 부르며 우는 당신을 품에 안은 채로 나도 소리 없이 울었습니다.

애석하게도 우리가 마지막으로 보았던 날에 같은 노래를 들었습니다. 당신과 침묵을 머금었던 시간에 노래는 멋대로 흘러나오더군요. 그 노래가 우리가 함께 들었던 마지막 노래입니다. 당신의 세상이 되지 못해 눈물을 흘렸었는데, 정작 그렇게 될 즈음에는 내 세상에 당신이 없습니다. 당신은 어디에 계신가요.

오늘이 처서라고 합니다. 가을이 된 지가 한참인데 여전히 날이 덥습니다. 여름은 아직 떠날 채비가 안 되었나 봅니다. 가을은 다시 돌아왔는데, 이젠 당신이 없습니다. 어쩌면 여름은 나를 기다려주는 걸까요. 나는 아직 당신이 없는 새로운 계절을 살아갈 준비가 안 된 것 같습니다.

너는 비처럼 내리고

온종일 구름만 바라보기로 정한 날. 고개가 아프다며 공원 벤치에 누워 하늘과 눈싸움을 했던 날. 태양을 마주해야 할 때는 가방을 뒤집어쓴 채 마음속으로 숫자를 세었던 날. 풀소리를 자장가 삼아 스르르 잠에 들었던 날. 구름 사이를 뛰어넘던 꿈을 꾸었지. 앞서가던 너를 잡고 싶었어. 네 옷자락에 손끝이 닿을 즈음 구름은 내게 밟혀주지 않았어. 아주 천천히 추락하며 잠에서 깨었다. 조용히 일어나 바라본 구름은 반쯤 먹히고 있었다. 잿빛이 푸르름을 삼켰다. 아닌가. 푸르름이 잿빛을 머금은 것일까. 구름이 힘껏 부서지며 빗방울이 되어 내린다.

아 그랬지. 너는 비가 되고 싶다고. 너는 활짝 웃으며 말했지. 자유롭게 하늘을 걸을 거라고. 네가 오는구나. 힘껏 와다오. 온전히 너를 맞을 테니. 광활한 구름을 부수고 작은 점으로. 너는 내게 걸어온다.

사랑인 줄도 모르고

우린 매일 여행을 떠났다. 목적지가 없는 경주를 했다. 곳곳에 샛길이 있는 골목에서 술래잡기를 했다. 잡히더라도 아무런 벌칙이 없었고, 그저 좋아만 했다. 자주 그네를 타러 갔다. 누가 더 높이 오르나 경쟁했다. 때로는 하늘에 닿을 것 같다고 느낄 정도로 올라갔다. 그렇게 타고 내려오면 나는 항상 어지러워했고, 너는 그런 나를 보며 깔깔 웃어댔다. 그래서 그네에 오를 때면 항상 어지러울 정도로 탔다. 왜 그랬냐고 물어본다면, 그냥 네가 웃으면 이상하게 나도 기분이 좋았다. 해가 지려 할 때면, 학교 뒷산 중턱으로 달려갔다. 그곳에 덩그러니 놓여있는 벤치에 털썩 앉아서 해가 지는 것을 보았다. 동네가 두루 보이는 그곳은 우리만 아는 아지트였다. 해가 지면 근처에 있는 가로등 하나가 깜빡거렸다. 그럴 때마다 너는 움찔댔고, 나도 놀라 너를 쳐다봤다. 가로등은 주기적으로 깜빡댔다. 그러니 결론적으로 나는 너만 보고 있었던 셈이다. 지금 생각해 보면 꿈같이 살았다. 아무런 부담도, 두려움도 없이 넉넉히 웃었다.

그러던 어느 날, 어김없이 노을을 보러 올라가던 날에 네가 그랬다. 다른 곳에 멀리 이사를 가야 한다고. 그래서 이제 노을을 같이 못 볼 것 같다고. 요사이 너는 자주 우물쭈물했다. 해야 하는 말이 있는 사람처럼 괜스레 조급해했다. 네가 그렇게 애를 태워 가며 하려던 말이 무엇이었는지 그제야 알았다. 나는 하나도 화나지 않았고 그저 슬펐다. 그러나 네게 티를 내기 싫어서 일부러 화난 척 숨소리를 크게 내댔다. 너는 그런 나를 보며 어쩔 줄 몰라 했다. 나는 차라리 너에게 못되게 굴어 나를 싫어하게 해야겠다 싶었다. 미안해하는 너의 모습이 안쓰러웠기 때문이다. 마음 편히 떠나게 해주고 싶었다. 그렇다고 너를 아프게 하는 것은 싫었다.

한참을 고민하다가 휴대전화 플래시를 켰다. 그러고는 일부러 너의 얼굴 앞에 가져다 댔다. 그러면 네가 눈이 부셔 찡그리며 하지 말라고 할 줄 알았다. 한동안 그러고 있었는데, 너는 아무 말이 없이 그저 울었다. 그러고는 자기가 어둠을 무서워하던 것을 알고 있었냐면서 도리어 고마워했다. 네가 우는 모습을 보니 떠나는 게 실감이 됐다. 눈시울이 뜨거워지는 감각을 처음 느꼈다. 문득 내일이 두려워진 나는 그대로 산을 뛰쳐나와 집으로 향했다. 그게 내가 널 본 마지막 장면이었다.

그게 마지막일 줄 알았으면 그렇게 도망치지는 말 걸 그랬다. 차라리 꼭 다시 보자고 한마디 할 걸 그랬다. 밤새 플래시를 하늘에 비춰줄 걸 그랬다. 그렇게라도 조금 더 같이 있을 걸 그랬다. 네가 웃는 모습을 한 번이라도 더 볼 걸 그랬다. 그땐 그저 노는 것이 좋은 줄 알았는데, 그냥 네가 좋은 것이었다. 너랑 있어서 행복한 것이었다. 사랑이 특별한 게 아니었다. 내일 또 보고 싶은 게 사랑이었다. 그땐 그걸 몰라서 마음 한 번 전하지도 못하고 너는 갔다.

어쩔 수 없다. 네가 없으면 나 혼자라도 사랑을 해야지. 너와 줄곧 뛰어다녔던 운동장에 갔다. 나 혼자 이리저리 돌아다녀 보는데 하나도 재미가 없다. 그래서 그냥 앉았다. 모래 위에 멍하니 앉아 있는데 비가 내렸다. 연노랑 빛을 띠던 모래가 물을 먹어 진하게 변한다. 그러고선 나의 온몸에 달라붙는다. 얼마 지나지 않아 비가 그쳤는데 여전히 하늘이 어둡다. 비가 온 뒤에 하늘이 가장 맑다던데 여전히 먹구름이 한창이다. 비도 마음껏 내리지를 못 했나. 나처럼 마음껏 사랑을 주지 못했나. 그래서 떠나지도 못하고 어정쩡하게 저기서 머무르고 있는 것일까.

한낮인데 밤처럼 어둑하다. 조금 기다리니 다시 비가 내리기 시작한다. 주머니에서 휴대전화를 꺼내 플래시를 켰다. 그리고 어두운 하늘을 향해 치켜들었다. 그러고는 소리 내어 엉엉 울었다. 우산은 있는데 펴지 않았다. 모래가 된 것처럼 가만히 앉아서 그냥 맞았다.

서투른 손

같은 공간에 몇 번이고 갈 수 있더라도, 그 순간에만 느낄 수 있는 공기의 온도가 있다. 복원할 수 없는 잔상과 감촉이 있다. 천장의 등을 멍하니 바라보다 눈을 꼭 감아버렸을 때 생기는 흐릿한 빛의 무늬처럼. 금세 사라져 버리는 아득한 마음이 있다. 같은 시간대에 같은 옷을 입고, 같은 위치에 가서, 같은 표정을 지어도, 같은 떨림을 느낄 순 없다. 어쩌면 나는 그 공간을 보고 있던 것이 아니라 너를 그리고 있었나 보다.

그림도 잘 그리지 못하는 서투른 손으로 너를 그리려 하고 있었나 보다.

전하지 못한 마음

생각을 멈추고 멍하니 듣게 되는 멜로디가 있다. 동화 속에 있는 것만 같은 기분이 들게 하는 노래들이 있다. 그런 노래가 눈으로 보인다면, 따뜻한 파스텔 색을 띠고 있을 것 같다. 노래가 나올 때면 눈을 감고서 여행을 떠났다가, 노래가 끝날 즈음 가야 할 곳에 가지 못한 채 돌아온다. 아쉬운 마음에 노래를 다시 들어보지만, 이번에도 말 한마디 건네지 못하고 돌아온다.

건넨 말보다 건네지 못한 말이 더 많다. 보낸 편지보다 보내지 못한 편지가 더 많다. 전한 마음보다 전할 수 없던 마음이 더 많다.

내 사랑은 네 슬픔이 되고

요즘엔 가사 없는 음악을 많이 듣는다. 그러니 반쯤 베어 먹힌 마음들이다. 그만큼의 여백에 나의 마음을 조심스레 대보곤 한다. 이따금 두 불완전한 마음이 완연히 붙어 온전한 심장의 형태를 띨 때가 있다. 그럴 때면 내가 중얼거린 마음이 누군가에게 완전히 이해받은 것 같이 느껴져 괜스레 들뜬다. 그중 으뜸은 당연히 사랑을 노래할 때다. 얼굴도 모르는 누군가의 마음 위에서 사랑을 부르는 것만으로도 웃음이 새어 나온다. 이런 걸 보면, 나의 사랑은 어지간히 외로웠나 보다.

오늘은 유난히 더 그렇다. 저마다의 사랑을 넉넉히 담아왔기 때문이다. 행복해하는 사람들의 표정은 무한히 퍼지는 힘이 있다. 그래서 보는 이들에게 조각을 떼어 주고도 줄어들지 않고 도리어 넘친다. 건네받은 마음에 취해 정신도 못 차리고 버스를 한 정거장 일찍 내렸다. 그래도 괜찮다. 내게는 부를 노래가 생겼으니까. 흥얼거릴 사랑이 있다.

부끄러워 말하기를 숨겼지만, 사실 노래 때문에 이렇게 들뜬 것만은 아니다. 평소와 다르지 않은 하루가 이따금 버거울 때가 있지만, 반대로 넘치게 행복할 때도 있다. 마치 거리를 걷다 좋은 음악이 들려 멈춰 서게 되었을 때처럼. 까치발을 들어야 겨우 보였던 연주가 앞 사람이 떠나며 완연히 트여 보였을 때의 쾌감처럼. 연주자의 표정이 넘치게 행복해 보였을 때의 전율처럼. 사소하게 넘길 수 있던 하루가 사랑할 만한 날이 되기도 한다. 하필 오늘이 그랬고, 사랑을 부를 노래가 필요했을 뿐이다.

나만 감추고 있기 힘들어서 내가 가진 행복을 너에게 온통 다 꺼내버린다. 한껏 격양된 목소리로 나는 너에게 사랑을 말하고, 너도 기다렸다는 듯이 사랑을 왕창 꺼내어 내게로 준다. 나는 잔뜩 신이 나서 내가 사랑하는 것들도 진탕 끄집어 너에게 모두 줘버린다. 하지만 역시 사랑은 마음대로 되지 않는 것일까. 나는 찰나의 너의 불편한 낌새를 느껴버렸다. 아니 어쩌면, 너도 숨기는 와중에 내가 알아주길 바랐을지도. 우린 오늘도 이 벽을 넘지 못하고 한없이 냉정해진다. 오가는 말은 여전히 사랑인데, 우린 한없이 제정신이 됐다. 오순도순 모여 할 것을 잃고 히죽거리던 마음들이 단번에 제자리를 찾아간다. 그러고는 순식간에 정신을 차려버린다.

우린 왜 서로가 사랑하는 것들은 사랑해내지 못하는 것일까. 혹시 우리가 너무 좋아해서 그런 것일까. 그래서 상대의 행복이 자신으로 비롯되지 않는 경우에는 질투가 나는가 보다. 상대방의 사랑에 나만 가득 찼으면 좋겠나 보다. 그런데 이 몹쓸 냉정함은 기어코 감춰두려는 나의 질문을 꺼낸다.

이게 사랑이 맞나.

문득 내 삶이 사랑하던 것들이 모조리 사라진 것만 같아 무서워졌다. 내 사랑의 중간에 네가 들어오면, 그 모양 그대로 사랑이 커질 줄만 알았다. 그런데 너만 풍선처럼 부풀어 오르더니 펑 터져버렸다. 굉음에 휩쓸려 다른 것들도 모조리 떠내려갔고, 내 사랑은 아무것도 안 남았다. 혹시 우리가 한 건 사랑이 아니었나. 그렇지 않다면, 왜 내가 사랑하는 것들은 모조리 아픔이 되나.

우리가 처음 만났던 순간으로 피난 가고 싶다. 아무 걱정 없이 순수하게 사랑했던 때로. 지우개로 문지르면 두려움도 지워질까 싶어 종이에 흑색 마음을 잔뜩 써 내렸다. 그러고는 지우개의 가장 뾰족한 부분으로 서둘러 지웠다. 안도의 마음으로 종이를 봤는데, 자국이 그대로 남았다. 몇 번이고 지워대도 그대로다.

성수대교를 건너던 날

조금씩 단풍이 지고 있습니다. 나무는 완연한 색을 띠지 못하고서 얼룩덜룩한 잎들로 자신을 치장하고 있습니다. 어느 계절에도 온전히 속하지 못하는 모습이 나를 비추어 내는 것만 같습니다. 오늘은 당신이 살던 동네에 왔습니다. 일정을 마치고 시간이 남아 잠깐 거리를 걸었습니다. 오늘은 유독 해가 지기를 서두릅니다. 밤이 찾아오니 외면하고 있던 당신의 기억이 짙어집니다. 당신을 데려다주던 날들이 기다렸다는 듯 진한 농도를 되찾습니다.

집 앞에 도착하고서도 헤어지기 싫었던 우리는 한동안 단지를 돌았습니다. 당신이 사는 아파트 단지는 나에게 있어 가장 선명한 공간 중 하나입니다. 그곳의 나무가 모든 계절을 살아내는 방식을 나도 함께 보았습니다. 그날은 유독 지는 낙엽이 많았고, 우리의 분위기도 차가웠습니다. 당신의 집 앞에 도착해서도 우리는 걷지 않았습니다. 당신은 늦었으니 택시를 타고 가라는 말과 함께 집으로 들어갔습니다. 당신에겐 그렇게 하겠다고 대답했지만 그러지 못했습니다. 당신은 몰랐겠지만, 항상 택시를 타고 함께 가고서 심야버스를 타고 돌아왔습니다. 당신에게 없어 보이고 싶지 않아서 택시가 잘 잡히지 않아 도착이 오래 걸렸다고 말했었던 기억이 납니다. 심야버스를 타기 위해서는 30분 정도 걸어야 합니다. 귀에 꽂은 이어폰에서 음악이 7번 정도 바뀌면 정류장에 도착합니다. 20분 정도 기다리니 버스가 도착합니다. 하지만 이미 만원이던 버스는 저를 태워주지 않았습니다. 할 수 없이 대여 자전거를 타고 길을 나섰습니다. 어느덧 도착한 당신 집 주변을 다시 지나치고서 한강 쪽으로 향했습니다. 지도가 가리키는 화살표에 내 모든 의지를 의탁한 채로 자전거를 힘겹게 들고 대교를 올랐습니다. 새벽 2시가 넘어 성수 대교를 건너기 시작했습니다. 당신에게 이미 도착했으니 먼저 자겠다고 했었지만, 그때 나는 대교 위에서 멍하니 강을 보고 있었습니다. 40분가량 자전거를 더 타고서 친구 집에 도착했습니다. 당신을 데려다주다가 기숙사 통금이 넘을 때면, 라면 묶음을 사 들고서 그 친구 집으로 향했던 기억이 납니다.

과거에 젖어 드는 것을 그만두었습니다. 한참을 걷던 나는 어느새 한강에 도착했습니다. 더 이상 앞으로 걸을 수 없어 그곳에 잠깐 앉았습니다. 강은 여전하고, 잎들도 다시 이전과 같아지려 하는데, 나와 당신만 변했습니다. 이제서야 당신을 데려다주고도 택시를 타고 돌아올 수 있게 되었는데, 이젠 당신이 없습니다.

당신이 잘못해서 이렇게 된 게 아니니 자책하지 않았으면 좋겠습니다. 당신도 나도 잘못하지 않았습니다. 아무런 잘못이 없어도 그냥 이렇게 되는 관계도 있는 것 같습니다.

회고

나는 너를 기억한다. 별이 되고 싶다며 청량하게 웃던 너의 미소를 기억한다. 그런 너를 가까이서 보고 싶어 몰래 동산이 되기를 빌었던 나의 마음을 기억한다. 겨울이 오기 전에 장갑을 다 떠 보일 거라며 다부진 표정을 짓던 너는 참 예뻤다. 한동안 나는 손이 시린 척을 하며 한여름에도 손에 입김을 불어댔다. 아끼던 팔지를 잃어버렸다며 터질 것 같은 눈망울로 울먹이던 너를 기억한다. 나는 그날 밤이 새도록 운동장을 뒤져 팔찌를 찾아내고는 네 책상 서랍에 몰래 넣어두었다. 한겨울에도 빛나는 온기이던 너를 기억한다. 너는 빨간 목도리를 메고서 별보다 환하게 웃었다. 그런 너를 볼 때면, 나는 얼굴이 달아올라 열기를 느끼곤 했다.

너를 닮아 눈부셨던 아침에 다른 사랑을 고백하던 너를 기억한다. 나는 너를 따라 먼 곳을 바라보고는 과하게 웃으며 고개를 끄덕였다. 네 전부가 내가 아닌 것이 나는 왜 그리 서글펐을까.

여향

잊을 수 없는 농도의 향이 있다. 시간을 가로질러 기억을 범람하게 하는 마음의 내음이 있다. 기억을 강요하는 향기는 마음을 거슬러 또 다른 시간대에 나를 살게 한다. 그때의 내가 발랐던 로션. 뿌렸던 향수. 문득 스치던 섬유 유연제의 보라색 향기. 그 시절의 향을 우연히 맞닥뜨릴 때면, 나는 비를 온통 맞은 듯이 흠뻑 젖어버리고 만다. 오늘 그 시절의 너를 보았다. 문득 마주친 향기에 너의 표정을 향유했다. 너의 미소는 여전히 아름답기만 하다. 시간이 지나 향은 익숙해지고, 그 간격만큼 너도 서서히 흐려져만 간다. 눈물의 향이라도 맡으면 네가 짙어질까 해서 이제서야 참았던 울음을 터트려 본다.

뒷북

지레 겁먹은 채 너를 사랑했다. 사람은 쉽게 변하지 않는다는 것이 이유였다. 너와 웃고, 입을 맞추고, 사랑을 고백하던 나는 멍울진 두려움을 품었다. 그러나 오해하지는 말아주길. 거짓이 아니라 되레 처절한 고백이었다.

온전히 내 존재는 주지 못했다. 그러나 너를 온전히 받았다. 그렇기에 나는 네게 두려움을 가진 것이 아니다. 내게 겁을 먹었던 것이다. 이젠 네가 없지만 너를 본다. 이제서야 나는 네가 주었었던 너에게 나를 주곤 한다.

유랑하는 마음

몽환적인 흐릿함이다. 귓가에 울리는 먹먹한 소리가 흐릿함을 강요하는 듯하다. 주황이기도 한 그것은 금세 노랗게 질리더니 보랏빛을 띠며 내게 추억을 강요한다. 힘겹게 소리를 뱉으려 할 찰나엔 새카만 공백이 또 다른 흐릿함을 쥐여준다. 작은 점이 흔들린다. 저 광명은 별일까. 손을 뻗자 작게 진동하던 빛은 순간에 커진다. 그러고선 소리 없이 터진다.

아 꿈일까. 꿈일 거야. 못 이기는 듯 밀리어 깊이 숨겨두었던 말을 중얼거려 본다.

나는 너를 사랑했나.

유랑하는 추억

유랑하는 마음

유랑하는 꿈

유랑하는 새벽

길을 잃은 사랑

지나간 마음

존재가 우수수

겹겹이 쌓인 내음을 하나씩 털어내고 마지막 남은 것은 너의 마음이다. 털어내려다 이내 그만두었다. 독백으로 남지 않도록 등을 떼어 들었다. 너의 마음이 땅에 소복이 쌓이지 않도록 온전히 모두 머금었다. 버젓이 존재한 우리 사이에는 한동안 침묵이 머물렀다. 흘러나오는 노랫말 따위에 내 마음은 한없이 치솟았다가 추락하기를 반복한다. 그 짧은 새에 나는 너의 존재를 우수수 맞는다.

삐걱거리는 마음들을 모두 끼워 넣었다. 나는 입을 열 채비를 마치고, 바닥에서 네게로 천천히 시선을 옮긴다. 너의 표정을 마주한 나는 아랫입술을 굳게 물고서 소리를 죽여 눈물을 떨어뜨리기만 한다.

나는 무엇이 그리 서글펐을까. 애석하게도 이유는 홀로 남겨졌을 때 네가 지을 표정이 그려졌기 때문이다.

결국엔

유독 버거운 날이 있다. 깊은 물 한가운데서 호흡하는 듯이 마음이 답답한 날이 있다. 그러다 그 답답함마저도 견디게 된 날엔 이 감정도 결국은 무뎌지겠지.

시간은 이 순간마저도 추억이라 부르도록 만들겠지. 언젠간 오늘의 마음을 마주하고도 아무 표정도 짓지 않게 될 날이 오겠지.

그날에 너를 보게 된다면, 나는 어떤 표정을 지어야 할지 문득 생각이 많아졌다.

미련

잘해주지 못한 기억이
더 오래 마음에 머문다.
왜 이리 모질게 굴었는지
왜 더 상냥히 바라봐 주지 못했는지
그리고 이러한 생각들은 쌓여
미련을 만든다.
지난 시간에 대한 미련도 아니고
너에 대한 미련도 아닌
그때의 나
나에 대한 미련으로 가득 찰 때가 있다.

덧써낸 마음

노래를 듣는 순간마저도 우린 함께이고 싶었습니다. 우린 각자의 이어폰을 귀에 끼고서 서로를 마주 보았습니다. 세 번의 고갯짓을 카운트 삼아 동시에 같은 노래를 틀어 들었습니다. 그 노래를 대할 온갖 감정은 우리 이름으로 기록됩니다. 우리만 볼 수 있는 새로운 제목을 덧써냅니다.

그러나 소실되지 않을 울먹임을 쥐여주는 노래도 있습니다. 우리의 모든 사랑이 항상 온전하게 도달될 수 있었던 것은 아니기에, 때론 각자가 다른 마음을 눌러 적어낸 노래도 있습니다. 그러한 것들은 대개 듣기가 버겁습니다. 대부분

아픔의 다른 이름들을 적어낸 것이기 때문입니다. 몇 번이고 되뇌어 들어서 괜찮아질 법도 했는데, 첫 마디조차 머금기가 벅찹니다. 울음을 적어낸다는 것은 그러한 것이었습니다. 그런 마음을 마주칠 때면, 손을 눈앞에 저으며 흩트려 버리려 애를 씁니다. 그러나 쓸데없이 강단 있는 마음은 아랑곳하지도 않습니다. 그리고선 기어코 시간을 멋대로 거슬러 그 당시의 나를 온전하게 불러내 버립니다. 덩달아 끌려온 마음과 완연히 동화되고서 그 당시의 우리를 다시 마주합니다.

애석한 것은 그런 노래의 개수가 늘어간다는 것이고, 그것의 대부분이 우리의 사랑 속에 섞여 나온다는 것입니다. 뜻하지 않게 맞닥뜨릴 슬픔을 피하려 애쓰는 것은 당신이 주려던 찬란한 사랑을 누리는 것도 주저하게 했습니다.

우리의 사랑은 단지 사랑만으로는 감당할 수 없을 상황을 많이 허락하도록 했습니다. 때로는 사랑을 아득히 넘어버리는 슬픔을 강제로 쥐여주기도 했습니다. 그런 마음이 덤덤히 새겨진 노래가 들려올 때면, 눈을 힘껏 감은 채로 울먹거리는 것밖에 할 수가 없습니다. 우리의 노래는 시간마저도 용서할 수 없고, 우리의 사랑이 계속되는 한 자정마다 갱신될 뿐입니다.

영원을 그려냈던 사랑마저 어그러진 노래가 되어버릴까 두려웠습니다. 그것에서만은 도망치고자 고요 속에 거하길 택합니다.

새벽은 해의 첫사랑을 매일 같이 받아 내는데도 한결같이 춥습니다. 그런 모순적인 마음을 알알이 적어가는 새벽은 애틋한 차가움을 가져다줍니다. 사랑에 온통 겁을 먹었으면서 기다리는 것은 하루도 그치지 않습니다. 사실 새벽도 누군가를 그리워하는 것일까요. 아니라면, 그리워하는 내 마음이 새벽인 것일까요.

들키고 싶은 거짓말

자신을 미워해 달라는 말이 사실은 끝내 미움받고 싶지 않다는 마음인 것을 이제서야 알았다. 그럴 수밖에 없던 상황과 진심을 알아 달라는 말인 것을 이제서야 알았다. 차가운 눈빛으로는 도저히 할 수 없는 말이라는 것을 내가 그 말을 하려 할 때서야 알게 되었다.

외사랑

제일 괴로운 사랑을 하나 택하라면

표현할 수 없는 사랑이 아닐까

외사랑

그중에서도 아주 고독한

아무 말도

아무 표정도 지을 수 없는

그저 바라만 봐야 하는

그런 사랑

소란한 겨울

다들 새로운 계절을 맞이하느라 분주합니다. 매해의 수명이 다할 즈음에야 두꺼운 옷들이 호흡하러 나옵니다. 더딘 몸부림으로 부풀기 시작합니다. 또 하나의 추억을 입을 시간입니다. 저마다의 향이 은은히 배어 있습니다. 나는 묻어나오는 내음으로 각 계절의 기억을 되뇝니다. 나만 할 수 있는 추억의 방식입니다. 귀가 뭉치듯이 시린 것을 보니 겨울이 온 것이 확실합니다. 영원하지 않을 것을 알기에 더욱 소중합니다. 눈길 닫지 않은 소박한 마음들도 빠짐없이 하얀색의 겨울입니다. 수수한 조각을 여럿 만나며 온갖 시간대를 나돕니다. 나의 마음을 요동하게 하는 것이 이리 많으니, 어쩌면 내 것이라 부르기도 민망합니다. 매일을 겨울 같이 살았으면서 정작 제대로 된 계절을 만나니 딴 판입니다. 나는 미뤄왔던 세 개의 계절을 몰아 누리기 시작합니다. 그리고 뒤이어 마주할 세 번의 시간은 겨울처럼 살아냅니다.

빼놓을 수 없는 과정이 있죠. 당신마저도 모르고 나만 아는 시간입니다. 도망칠 수도 없고, 거쳐 가야만 합니다. 그렇습니다. 겁먹었던 어린 나를 마주해야 합니다. 당신을 더없이 사랑하던 나와 한없이 무력했던 때의 내가 동시에 있습니다. 소란히 재잘대던 작은 마음들도 자리를 비켜줍니다. 맞은 편에 빠짐없이 당신이 있었거든요. 고스란히 우리만 대면하는 시간입니다. 그러나 애석하게도 내가 그려낸 당신은 온전하지 못합니다. 사랑만 불러대기 때문입니다. 나는 당신이 노래하는 마음에 완연히 젖었다가 이내 깨고 맙니다. 비가 내렸기 때문입니다. 포근한 눈이라도 되어서 와줄 것이지, 당신은 언제나 비처럼 내립니다. 물을 한바탕 뒤집어쓰고서야 당신이 쏟아내던 슬픔을 기억합니다. 그리고 아무 말하지 못하고 초점을 흐렸던 나의 모습도 마주합니다. 당신이 떠나던 날이 겨울이니, 나는 여전히 그 계절에 삽니다. 아픔이 잔뜩 묻었더라도 그마저 오롯이 당신이니 좋아요. 당신이 담긴 겨울이 돌아오면, 나는 숨겨두었던 계절을 온통 꺼내줍니다. 비록 당신은 받지 못하겠지만요.

당신은 어느 계절에 살고 있나요. 유난히 손을 시려하던 당신이었습니다. 따듯한 봄에 살고 있으면 좋겠습니다.

남이 된다는 것

그날 하늘은 유독 구름이 없었습니다. 하늘을 바라보며 눈을 반짝이던 당신을 보고서 내가 하늘이 되고 싶다는 소망을 감히 품었습니다. 우린 한강의 가장 작은 물결도 쉬이 머금을 수 있던 자리에 앉았습니다. 하늘과 강이 주는 두 마음의 파랑을 포근히 받았습니다. 당신은 내 어깨에 기댄 채로 말했습니다. "내일 서로가 가장 보고 싶을 때 말없이 여기로 달려올까? 우리면 동시에 도착하겠지?" 나는 아무 대답 없이 당신의 눈을 보았습니다. 그리고선 부드럽게 미소 지으며 고개를 두어 번 끄덕였습니다.

다음날 눈이 떠지는 대로 공원으로 향했습니다. 그러고는 해가 반원의 형태를 띠던 찰나에 도착했습니다. 당신의 자리를 고이 비워둔 채로 어제 내가 있었던 모양 그대로 앉았습니다. 무선이어폰을 귀에 밀어 넣고, 세상의 다른 소리를 끊어냈습니다. 그리고선 당신이 좋아하던 노래를 반복해서 들었습니다. 당신을 기다리던 순간마저도 나는 당신과 함께이고 싶었습니다. 언제 잠이 들었던 걸까요. 음악 사이로 미세하게 들리는 당신 목소리에 화들짝 잠에서 깨었습니다. 당신은 그런 나를 보고는 활짝 웃으며 물었습니다. '많이 기다렸어?' 나는 그런 당신의 해맑은 표정을 지켜주고 싶었습니다. '아니, 나도 방금 막 왔어.'

오늘 하늘도 무척이나 맑습니다. 강도 그런 하늘의 맑음을 여전히 잘 비추어 냅니다. 모든 것이 그대로인데, 딱 하나만 바뀌었습니다. 완연한 어둠이 두 파랑 위에 덮일 동안에도 당신은 오지 않습니다. 당신이 좋아하던 노래를 아무리 들어도 이젠 함께할 수가 없습니다. 남이 된다는 것은 그런 걸 의미했습니다. 한참이나 서로의 시간 속에 살았는데, 단번에 다른 시간대로 넘어가야 합니다. 넉넉히 녹아 있는 서로의 흔적을 억지로 씻어내야 합니다.

우린 서로를 사랑했지만, 서로를 사랑하는 각자의 모습도 못지않게 사랑했습니다. 그 거리만큼의 괴리가 이따금 우리에게 아픔을 주었습니다. 우린 서로를 위해 포기를 반복하는 것이 사랑의 전부인 줄 알았습니다. 그래서 남는 게 없었습니다. 온통 비워진 우리는 사소한 바람에도 하염없이 흔들렸습니다. 우린 함께할 때 더욱 외로웠습니다. 각자의 존재가 사랑했던 것들을 놓아줘야 했기 때문입니다. 상실을 반복하도록 하는 것이 아니라 존재를 그대로 바라봐 주었어야 했습니다. 그것이 진정한 사랑이라는 것을 깨달을 즈음엔 너무 늦어버렸습니다. 우리의 관계는 이미 그럴 여백을 모두 잃었습니다. 범람하는 마음을 감당해 내기엔 아직 우리가 너무 어렸습니다.

언젠간 괜찮아질 날이 오겠죠. 당신의 얼굴을 보고도 아무렇지 않을 날이. 당신이 빵모자처럼 씌워주던 우산을 혼자 쓰게 되더라도 익숙해질 날이 오겠죠. 당신과 자주 가던 길을 혼자 걷게 되는 것이 덤덤해질 날이 오겠죠. 당신의 옆자리가 내가 아닌 다른 사람으로 채워지는 걸 보더라도 아파하지 않을 날이 오겠죠. 아직은 선명한 당신의 목소리도 언젠간 잊히겠죠.

당신은 막으려 한다고 막아지는 사랑이 아니었습니다. 그러니 내리는 비에 같이 흘려보내야겠습니다. 우산도 쓰지 않고 온전히 비를 맞아야겠습니다.

다중퇴고

당신이 떠난 자리에 평생 눌러앉으려 했습니다. 무엇이 내리든 그대로 맞으려 했어요. 당신을 잊지 않고자 발버둥 쳤습니다. 그런데 정착하기는커녕 잠깐 서 있는 게 고작입니다. 기어코 하루를 넘기지 못하고 한없이 흐르기만 해요. 그러니 나는 유랑하는 마음입니다. 사랑 위에 닻을 내리고 단단히 정박하고자 했는데, 사랑 자체가 이리저리 유영하니 나라고 별수 있나요. 내 사랑은 텅 빈 사막 같은 곳에 와서야 멈추고는 이내 부서졌습니다. 한 알의 모래라고 생각했던 것들은 말라버린 마음이 쌓여 있는 것이었습니다. 어떤 마음도 생기를 띨 수 없어요. 두려움만 남고 살아 있는 마음의 파편

들은 유랑하러 다시 떠나 버립니다. 언젠가 또 하나의 사랑을 찾을 즈음엔 이곳에 돌아오겠죠. 나는 두려움과 같이 이곳에 남았습니다. 아직 새로운 사랑을 찾아 나설 여력은 없어요. 말라버린 마음들로 온몸을 덮고 떠다니기를 그쳤습니다. 내 사랑이 수명을 다하고서야 당신을 온전히 생각할 수 있게 되었어요. 이제서야 나 혼자 써냈던 우리의 사랑을 담담히 되고해 봅니다.

마지막 기억은 절벽 위입니다. 절벽 끝에 몰린 것 같았어요. 그런데 엎친 데 덮친 격으로 내가 고소공포증이 있더라고요. 빠져나가기 위해 걸음을 내딛으려 해도 온몸이 덜덜 떨려 그럴 수가 없었습니다. 내가 왜 절벽에 있는지는 생각하면 안 돼요. 그건 사랑이 아니라 했거든요. 우선 나가야죠. 당신이 저기서 손짓하고 있네요. 빨리 가고 싶은데 몸이 마음 같지 않아요. 도리어 이따금 절벽의 길이가 길어지는 것도 같아요. 왜 그럴까요. 당신이 그런 건 아닐 거예요. 나는 당신을 믿어요. 당신이 저쪽에서 오라고 소리쳐요. 온몸에 진이 다 빠져 당신이 와서 좀 도와주면 안 되냐고 했더니 그건 어렵대요. 당신도 절벽을 기억하는 것이 버겁다네요. 그러니 자신을 믿고 부단히 건너보래요. 나라면 올 수 있을 거라고 믿는대요. 떨어질 것 같을 때마다 살려달라고 발악했어요. 사랑을 지속하고 싶은 바람을 소리쳤어요. 무게를 줄이고자 내가 사랑하던 모자도 버리고, 가방도 벗어 던지고, 신발도 벗었어요. 어느덧 모든 걸 잃은 나는 가벼운 바람에도 정처 없이 펄럭대요. 나를 구원해 주세요. 나도 데려가요. 왜 나를 외로이 둬요.

여기는 어디일까요. 나 정신을 잃었었나 봐요. 정신을 차리니 숲 한가운데 서 있어요. 그러나 왜 이곳에 있는지 생각할 틈도 없어요. 내 품에 사랑이 쥐여져 있었거든요. 근데 사랑이 너무 무거워요. 혼자 들고 있을 수가 없어요. 목이 쉬도록 당신을 불러대도 오지를 않네요. 몸이 덜덜 떨려와요. 더는 버티기 버거워서 잠깐 내려놓았는데, 아뿔싸 사랑이 바람에 실려 떠내려가요. 그렇게 무거웠는데 참 이상하죠. 저만치 가고 있는 사랑 잡으려 허겁지겁 뛰어가요. 맨발이 다 쓸려 피가 나도록 달렸어요. 몇 번을 넘어졌는지 손도 다 까졌어요. 그렇게 정신없이 뛰었는데요. 어쩌죠. 나 당신을 잃어 버렸어요. 여기는 어디인가요. 너무 멀리 왔을까요.

당신이 없는데, 당신으로 가득 찬 하루가 또 흘러가요.

밤하늘

나는 너를 보았다.

너는 하늘을 보았다.

손을 쫙 편 길이만큼

어둠을 머금은 구름이 나아갔을 때

너는 하늘에 말을 건네듯 입을 열었다.

나도 너를 따라 하늘을 보았다.

그날 하늘에 나는 없었다

나다운 마음

내 눈물은 한동안 메말라 있었습니다. 기대어 해결되는 것은 없다고 생각했거든요. 단단한 사람이 되고자 노력했습니다. 때로 먹먹한 밤을 보내야 하기도 했지만, 외로움에 익숙해진 나는 한없이 잔잔한 사람이 되었습니다. 나는 세기의 거장 배우가 된 것처럼 인생을 연기하기 시작했습니다. 이따금 본래의 내가 튀어나올 때도 있었지만, 그것마저도 진실한 연기 과정의 일부라 여겼습니다. 갈아 낄 수 있는 반쪽짜리 가면이 방을 가득 채울 즈음에는 나조차도 혼란스러웠습니다. 정반대의 표정을 섞어 지은 탓에 곤란했던 적이 한두 번이 아닙니다. 여하튼 어떻습니까. 나는 미움받지 않는 법을 배웠습니다. 요동하지 않는 삶을 사는 법을 배웠습니다. 종종 찾아오는 공허함만 견딜 수 있다면, 내게 부족한 것은 아무것도 없습니다. 밤이 깊으면 늘어놓은 가면들이 저마다의 아우성을 지릅니다. 나에게만 들리는 소리입니다. 어느덧 아픔에 무던해진 건지, 플랫이 왕창 섞인 불협화음을 자장가 삼는 것이 쉽습니다. 나는 꿈에서조차 잃어버린 자아에 대해 자문하기를 반복합니다. 깨고 나면 아무것도 기억하지 못하니, 매일 의미 없는 청문회를 되뇔 뿐입니다.

그날도 가면무도회에 갔습니다. 나는 연분홍빛의 가면을 썼습니다. 무채색 사이에서 단연 반짝이는 색입니다. 나는 어김없이 극장의 주연이 됩니다. 한 치의 오차 없이 기계처럼 배역을 수행합니다. 그런데 문제가 있습니다. 아무런 가면도 쓰지 않은 사람이 있는 겁니다. 처음엔 하얀색의 가면을 쓰고 온 줄 알았습니다. 근데 가까이서 보니 새하얀 마음을 그대로 내놓고 있는 겁니다. 나는 한껏 당황해서 무턱대고 당신 앞에 등 돌려 섰습니다. 가려주어야 할 것 같았거든요. 그러니 당신이 내 옆구리를 쿡쿡 찌르며 말합니다. 자기 마음이 보이냐고 합니다. 봐주길 바라는 것처럼 내보이는데 어떻게 못 보느냐고 하니 이걸 본 사람은 나밖에 없답니다. 뒤를 돌아보니 당신이 싱긋 웃고 있습니다. 그 순간 처음으로 나에게 오차가 생긴 겁니다. 당신의 미소를 지켜주고 싶다는 생각이 들었습니다.

나는 당신의 마음을 많이 물었습니다. 온전히 보듬어 주고 싶었습니다. 그렇다고 소유하고 싶었던 것은 아닙니다. 당신의 마음이 외롭지 않길 바랐습니다. 지금은 당신이 가둬두어 나만 볼 수 있지만, 언젠가 좋은 사람들에게 넉넉히 위로받길 바랐습니다. 그리고 사실 나의 마음도 그렇게 사랑받고 있었다는 걸 깨달았습니다. 그 순간 소장하고 있던 가면의 절반쯤이 깨졌습니다. 나는 놀란 마음을 눌러두고 남은 가면 중 하나를 집어 들었습니다. 새파란 가면을 쓰고는 다른 무도회로 갔습니다. 그런데 보이지 않던 장면들이 눈에 들어오기 시작하는 겁니다. 가면을 벗고 싶어 하는 사람들이 모습이 더러 보였습니다. 근사하게 맞물리던 톱니바퀴에 오차가 잦아지기 시작하더니 이내 멈췄습니다. 사람들의 마음이 보이기 시작했거든요. 저마다의 색깔을 띤 마음이 보였습니다. 서둘러 당신에게 달려가서 이를 토로했습니다. 그러니 당신은 웃으며 나에게 어울린답니다. 그 순간 나는 감각적으로 느꼈습니다. 쓰고 있던 것을 제외하고 나머지 가면이 사라졌다는 것을요.

근래 나는 덜덜 떨고 있는 마음이 보이면 다가가 안부를 묻습니다. 사람들은 당혹스러운 표정으로 가만히 있다가 이내 눈물을 펑펑 쏟습니다. 나는 최선을 다해 등을 토닥입니다. 가끔 너무 열중한 나머지, 마지막 남은 가면을 바닥에 떨어뜨리기도 합니다. 내가 마주할 마음들이 외롭지 않기를 바라게 되었습니다. 언제부턴가 내 마음을 소리 없이 끌어안고 있는 무언의 사랑을 나눠주고 싶었습니다. 근원은 알 수 없지만, 존재는 분명한 온기입니다. 단연 그러한 바람의 대부분은 당신에게로 향해 있습니다. 그런데 문제가 생겼습니다. 우리가 이제 함께할 수 없게 된 겁니다. 수화기 너머 쏟아지는 당신의 울음소리를 묵묵히 들었습니다. 이내 당신이 사랑하던 바다에 갔습니다. 맡겨둔 적은 없지만, 찾고 싶은 마음이 있었습니다. 속절없이 흐르는 물가를 보는데, 당신이 너무 걱정되는 겁니다. 어떻게든 당신을 외롭게 두고 싶지 않았습니다. 그러나 아무것도 할 수 있는 게 없었습니다. 나를 감싸고 있는 사랑이 당신의 마음을 힘껏 안아주길 바랄 뿐이었습니다. 그렇게 멍하니 당신을 생각하며 울었습니다. 파도와 눈물이 섞여 바스러지기를 반복했습니다. 마지막 남은 가면도 완연히 부서졌습니다.

넉넉히 기댈 줄 아는 것이 단단한 삶이었습니다. 기대어 본 사람이 기댈 만한 나무도 될 수 있습니다. 그럴 만한 여력의 근원은 내게는 없습니다. 나를 끌어안고 있는 사랑이 내어줍니다. 이제서야 구차히 가려놓았던 마음을 내어놓습니다. 좋은 곳에 매여 있는 마음은 쉽게 무너지지 않습니다. 우리 다시 만날 날에 전하지 못한 사랑을 말하고 싶습니다. 마음껏 쉬어갈 그늘이 되어주고 싶습니다. 내가 가진 가장 좋은 것을 주고 싶습니다. 당신이 알려준 나다운 마음입니다.

3부　한결같은 사람이 되고 싶다

사랑합시다

어느덧 밤새 울어대던 작은 생명들의 소리가 들리지 않습니다. 그렇습니다. 겨울이 온 것입니다. 저마다의 매듭짓지 못한 마음들을 끝내 버릴 시간이 왔습니다. 그런 매정한 차가움이 싫었습니다. 내가 사랑하던 목련 나무의 색을 모두 앗아갔었기 때문입니다. 이제서야 도착한 겨울은 자신의 수명만큼 끝인사를 건넬 시간을 남겨 줍니다. 그러나 암연히 마지막을 느낄 때면, 거스를 수 없는 최후에서 그저 도망치고만 싶습니다.

발에 챌 만큼 눈이 쌓이면 집 앞 공원으로 갔습니다. 가장 안쪽에 있는 벤치에만 앉았습니다. 그러고는 떨어지는 눈을 보면서 투정을 부렸습니다. 그날은 특히 모질게 굴었습니다. 겨울은 슬픔의 다른 이름이라며 빈정댔습니다. 그 뒤로는 도통 눈이 오지 않았습니다. 얼마 지나지 않아 금세 날은 풀렸고, 나는 새로운 마음을 맞이하러 공원에 나갔습니다. 그런데 내가 늘 앉던 벤치 밑에 흰 꽃 두 송이가 이미 피어 있었습니다. 겨울이 미안하다며 두고 간 것 같았습니다. 사실 나는 알고 있었습니다. 겨울이 오지 않아도 이별은 온다는 것을. 그제서야 나는 이미 다 저물어 버린 겨울에게 미안하다며 울어댑니다.

그랬습니다. 겨울이 쓸어가는 것은 생명이 아니라 아픔이었습니다. 비어버린 마음 사이에 포근한 눈을 채워주고 가는 것이었습니다. 혹여나 아픔의 글자가 드러날까 봐 자신의 이름을 그 위에 몰래 뿌려둡니다. 그 사랑 밑에 부끄럽게 우는 마음들을 숨겨줍니다. 모든 수고한 마음의 등을 토닥이고, 고요를 고이 선물합니다. 과묵하게 온갖 아픔을 끌어안고 가는 겨울은 그 자리에 봄을 두고 갑니다. 모두 저마다의 계절을 살아가고, 저마다의 겨울을 선물 받습니다.

당신의 마음은 요즘 어떠신가요? 새로운 꿈을 꾸며 설레는 시간을 보내고 계신가요. 쉬지 않고 울어대는 매미 소리를 자장가 삼아 편안한 밤을 보내고 계신가요. 매일같이 살아내야 하는 날들에 피곤하신가요. 노크 없이 찾아오는 슬픈 마음들에 무너지셨나요. 당신을 압도하던 무력감이 아직도 찾아오나요. 범람하는 걱정에 못 이겨 오늘도 날을 지새우고 계신가요. 사랑은 넉넉히 하고 있나요. 비어있던 마음의 여백에는 어떤 마음이 들어섰나요.

우리 살아가는 오늘이 힘들어도 너무 걱정하지는 맙시다. 그래도 같이 살아갑시다. 때론 속절없이 흐르기만 하는 시간이 원망스러울 때가 있지만, 그렇기 때문에 분명히 또 다른 계절은 옵니다. 우리의 아픔을 모두 끌어안고 가는 사랑이 옵니다.

그러니 우리 사랑합시다. 기적이 됩시다. 변변찮은 입김에도 따듯한 마음을 실어 보냅시다. 당신의 사랑을 살아내는 것을 포기하지 맙시다. 그러다 그럴 여백이 생기면, 때론 누군가의 겨울이 되어줍시다. 저마다의 봄을 고이 선물합시다.

부단히 행복하세요

세상을 살아가다 보면 내가 어찌할 수 없는 일도 마주치게 된다. 마치 갑작스레 내린 한겨울의 눈을 온전히 다 맞아야만 하듯 말이다. 그런 일에 마주칠 때면 스스로의 무기력함에 서글퍼지기도 한다. 아픔에 익숙해질 수는 없는 걸까. 꽤나 단단해졌다고 생각했는데 당연하다는 듯이 또 무너져 버렸다.

때론 괜찮냐는 물음조차 버거울 때가 있다. 나를 믿는다는 한마디가 왜 이리 나를 무겁게 하는지. 괜찮지 않음에도 고단한 마음을 설명하기가 어려워서 괜찮다고 말하며 마음을 숨긴다.

차가운 바람을 온전히 마주하는 저 앙상한 가지에도 언젠간 싹이 트리니. 언젠간 봄이 와 꽃을 피워주리니. 내게도 부단히 봄이 찾아와 주기를. 부단히 행복하고 사랑할 수 있기를. 하늘을 올려다보며, 흘러가는 별을 바라보기도 하면서.

버둥대는 우리들

망망대해 한가운데서 진한 갈색을 띠는 와인병 하나가 떠다닙니다. 그러나 병 안에는 못 전한 편지 석 장이 겹쳐 있으니, 마음이 떠다닌다고 하는 게 맞겠습니다. 저마다의 못다 한 사랑이 모여 또 하나의 바다를 만듭니다. 반쯤 쓰러진 모래성을 고이 모셔 태워 갑니다. 우리들의 바다는 무언가 달랐습니다. 부서진 하얀 점이 파랑의 색을 되찾을 때까지 역으로 커집니다. 어떤 마음도 부서지지 않고, 지나가는 웃음소리에 업혀 저마다의 사랑을 살아냅니다. 나도 흐를 듯이 고여 든 마음이 찾아오면 바다로 갔습니다. 그러고선 가장 멋쩍은 물결에 둥둥 띄워 보냈습니다. 그래서 나는 바다 쟁이었습니다. 밤새 머무르던 무채색을 고이 숨겨두었다가 해가 뜨자마자 품에 넣어 달려갔습니다.

그렇기에 바다가 사랑을 살아내었던 광경 속에 나도 있었습니다. 다른 이들이 바다의 찬란함을 노래할 때면, 내가 바다가 된 양 숨어서 우쭐댔습니다. 사람들은 해가 바다 위로 떠오르고 마침내 저무는 두 순간에 가장 애틋했습니다. 그 찰나를 사랑이라 여겼나 봅니다. 해는 부단히 온기를 빚어내다가 결국 야위고 그렇게 바다와 맞닿았습니다. 바다는 하염없이 기다리기를 반복합니다. 그것을 하루도 거르지 않고 매일 합니다. 그렇기에 내가 배운 사랑은 가까워지는 것이었습니다. 한없이 맞닿는 것이었습니다.

그러나 현실은 녹록지 않습니다. 바다가 암만 포근한 품을 내어주어도 안길 수가 없습니다. 해는 모든 어둠이 저무는 곳으로 가라앉아야만 합니다. 아무리 발버둥 쳐도 닿을 수 없는 각자의 테두리가 있습니다. 저마다의 바다에 온 우리들도 그렇습니다. 완연히 같아질 수가 없는데 닿고자 버둥댑니다. 빈틈없이 껴안아도 마음에 닿을 순 없습니다. 그러나 다리가 풀려 주저앉아도 기어코 절망하지 않고, 넘어진 그대로 깔깔 웃어댑니다. 그러고선 그곳에 각자만의 사랑으로 이름을 붙이고는 그렇게나 좋아합니다.

그랬습니다. 사랑은 애초에 말이 안 되는 것이었습니다. 존재할 수 없는 마음을 넉넉히 좋아하는 것이었습니다. 사랑은 가까워진 상태가 아니라 그러고 싶어 버둥대는 우리의 모습이었습니다. 무언가 계속되는 게 사랑이었습니다.

그러니 이제 그냥 이루어지는 것은 없습니다. 당신의 테두리에 손을 얹은 내가 있을 뿐입니다.

시듦의 향기

영원하지 않은 것들은 비소로 나를 버림받게 만들 것이라 생각했다. 어느샌가 상실하게 될 모든 것들을 힘주어 쥐지 않았다. 나는 말라비틀어진 나무가 되었다. 마시면 사라질 물. 머금지 않고 내버려 두니 자국만 남았다. 바다의 윤슬도 언젠간 흐릿한 무늬가 되겠지. 언젠간 흑백 속의 독백이 되겠지. 시간은 제멋대로 흐르고 다시 어둠은 빛으로, 빛은 무늬로 이행하겠지. 그러나 빛도, 무늬도, 어둠도 사그라들고 다른 마음이 그 자리를 품어내겠지. 내 마음을 입안 가득 물고서 사그라들 무언의 마음이 두렵다. 그 공백만큼 비어질 마음은 침묵을 고집한다. 내가 가장 사랑했던 것들은 나를 가장 아프게 한다고 했다. 내 사랑의 대부분을 가져간 마음이 더는 만날 수 없는 일종의 기억으로 변환되듯 말이다. 그러한 모순이 불러들인 두려움은 불현듯 범람하길 반복한다. 마모된 마음은 미끄러워 잡을 수가 없다. 언젠간 시들 생화. 줄곧 고집스럽게 조화를 품는다. 모르고 집어 든 생화에서 문득 향기가 난다. 그러고는 흘러와 내게 말을 건넨다. 비로소 시드는 것들이 향기를 낸다고. 어쩌면 나는 내가 두려웠나.

봄이었다.
살아 있었다.

슈퍼맨이 되어도

어른이 되면 키도 크고, 팔도 자라서 밤하늘에 손을 뻗으면 별에도 닿을 수 있을 거라 생각했다. 그땐 어른들이 어찌나 슈퍼맨 같았던지. 그러나 몸이 완연히 자라도 여전히 세상은 어렵다.

마음을 쓰는 것만으로는 해결되지 않는 일이 너무나 많다. 나의 노력이 해결해 주지 못할 벽에 닿을 때면, 무너지는 것만 같은 감정들도 느끼곤 한다.

분명 저 밖은 온기로 가득한데, 내 마음은 한없이 춥다. 알 수 없는 계절의 시차가 나의 마음을 더욱 시리게 한다.

말하지 않아도 마음을 알아주는 사람이 있다면 얼마나 좋을까. 흩어진 마음들을 미처 다 주울 수 없어서 그냥 자리에 주저앉았다. 별에 닿기는커녕 마음 하나 추스르지 못하고 조금은 슬프게 된다.

속절없이

파도가 밀려와 모래를 만난다

모래는 그 파도에 속절없이 쓸려 간다

자신이 알고 있는 가장 아름다운 곳에

모래를 데려가고 싶던 파도는

있는 힘을 다해

모래를 가장 깊은 곳에 데려갔지만

모래는 그 깊음에 호흡을 잃었다

파도의 마음이 모래의 호흡을 앗아갔다

그래서 파도는 더는 누구에게도 마음을 주지 않기로 했다

호흡을 잃은 모래는 한마디 말이 없다.

비스듬히 흐르는 마음

빗물이 흐르다 못해 창문을 삼켜 버리고 만다. 곧게 내린다고 생각했던 빗방울은 제멋대로 튀어 창문을 사방으로 덮는다. 나의 모양이 흐릿하게 비친다. 올곧게 존재한다고 생각했던 나는 한껏 비스듬한 자세로 어딘가를 응시하고 있다. 아, 내가 믿어온 올곧은 것들은 착각 속에서 존재하는 것이었나. 그래서 네가 내게 주었던 그 마음도 한참을 어디서 헤매다 왔던가. 마음의 잔상은 남아 그 자리를 묵묵히 보인다. 아닌가, 어쩌면 아직 도착하지 못했나. 내가 보고 있던 마음은 내가 남긴 마음이던가.

마음이 견디지 못하고 흘러 범람한다. 나는 금세 흠뻑 젖어버리고 만다. 비가 나를 적신 것이라며 고개를 돌려 외면해 보아도 마음은 한없이 흘러나와 나를 적셔버린다. 마음을 추스르고서 한껏 꺾인 고개를 치켜든다. 비가 올곧게 내리고 있다. 이미 닳아 뭉그러진 마음도 있다.

울림 아닌 울음

일정한 박자로 땅이 울린다. 땅에 귀를 대보니 귀가 울린다. 알고 보니 울리는 것은 내 몸. 심장이 뛰어 몸이 진동한다. 살아 있는 것들은 울림을 가진다. 창밖에 떠오르는 빛도 일렁이는 듯하다. 아닌가, 내 몸이 울리기에 그런 것일까. 분간할 순 없지만 하여튼. 내가 울리는 한 내 세상도 울린다.

나의 울림이 멈추면 세상이 멈추나. 저항하듯 나뭇가지의 눈이 떨어진다. 언젠간 떨어질 눈. 다시 물이 되겠지. 내 심장의 울림은 무엇이 될까. 박힌 바늘을 빼려니 구멍만 남는다.

구멍 뚫린 심장의 울림. 울림 아닌 울음.

내가 배워온 사랑

관심과 무례함의 경계가 모호해진 세상. 그렇기에 읽기 쉬운 마음들로 사람들을 규정하게 되는 세상. 내 꿈이 무엇이냐는 질문을 받은 지도 오래되었다. 그래도 이따금 무엇을 하고 싶은지 질문을 받고는 한다. 사실 내게 궁금했던 것은 꿈보다는 직업일 것이다. 그러니 그럴 때를 대비하여 여러 가지 이름을 마련해 놓는다. 상황에 맞게 에두르는 나의 여러 얼굴들이다. 모든 것이 될 수도 있고, 어떤 것도 되지 못할 수도 있다. 저마다의 삶 속에서 내가 꿈꿔온 미래는 찰나의 만족감의 정도로 규정된다. 때로는 준비해 놓은 얼굴 중에 저마다가 좋아할 만한 표정을 골라 짓는다. 더러는 가장 복잡한 얼굴을 넌지시 드러낸다. 기준은 관심과 무례함의 경계이다. 어떻게 보면 이도 나의 반응이니, 스스로의 열등감으로 비롯된 것일 수도 있다. 여하튼 미움받지는 않을 정도로, 되레 사랑받을 편에 부등호의 터진 쪽이 향하도록 살아내고 있다. 그러기를 한편, 한동안 내게 불어오는 목소리가 있다. 나보고 자유로우란다. 이미 한껏 자유롭게 살고 있는데 무슨 말인지 싶었지만, 구태여 되묻지는 않았다.

창밖이 온통 하얗다. 눈이 마음 놓고 내리기로 한 걸까. 그래 하루쯤은 이런 날도 있어야지. 그래야 눈도 쌓인 설움 없이 살아가지. 옷을 단단히 껴입고서 백색 세상으로 향했다. 눈은 사라질 즈음에 새로운 마음이 덮이기를 반복하며 꽤 깊어졌다. 평평한 눈밭에 걸음을 내디디니 적잖은 균열이 생겼다. 발자국의 수만큼 죄책감을 가지고서 공원으로 갔다. 도착하니 이곳에도 눈이 잔뜩이다. 벤치에 쌓인 눈을 바닥으로 옮겨두고 털썩 앉았다. 맞은편 농구장을 보니 한 소년이 혼자 공을 던지고 있다. 하얀 입김을 내뱉고 있는 소년 주위엔 온통 흰색뿐이다. 던지는 적색 공만이 공간에 모순을 준다.

골대에 들어가기는 한없이 모자라 보인다. 도와주려고 일어서려다 되레 저 열정을 대하는 무례일 것 같아서 이내 그만두었다. 한동안 멍하니 보고 있는데, 한 알의 눈이 어깨에 폭삭 떨어진다. 그러고는 익숙한 목소리가 들린다. 그러나 내용이 달랐다. '너는 어떤 삶을 살아내고 싶어?' 반쯤 내쉬던 숨을 도로 마셨다. 잇따라 호흡을 멈췄다. 한동안 눌러 놓았던 질문이 들려오자 당황스러웠다. 어떠한 얼굴도 꺼내지 못하고 가만히 있었다. 그러고는 내 모습 그대로 울음을 터트려 버렸다. 동시에 공이 골망에 스쳤다.

사랑이 되고 싶어요. 마주할 모든 마음을 사랑하고 싶어요. 사랑 뒤에 숨어오는 두려움마저도 온통 사랑하고 싶어요. 잔뜩 감춰놓은 슬픔을 볼 수 있는 사람이 되고 싶어요. 모든 여력을 소진하더라도 넉넉히 아픔을 위로해 주고 싶어요. 존재를 주고 싶어요. 또 누군가의 존재를 힘껏 품어내고 싶어요. 채워도 줄지 않을 여백을 가진 마음이 되고 싶어요. 한결같은 사람이 되고 싶어요. 변함없이 당신의 삶을 묵묵히 같이 살아내고 싶어요. 온몸으로 당신을 지켜줄 수 있을 만큼 하얀 사랑이 되고 싶어요. 결코 바래지 않을 마음이에요.

이게 나에요. 내가 배워온 사랑이에요.

사랑만 있습니다

비록 폐쇄된 기찻길은 없었습니다. 여정 없이 뛰어다닐 논길은 없었습니다. 발을 담글 만한 연못도 없었습니다. 영화에 나올 만한 낭만은 없었지만, 그래도 사랑은 있었습니다. 내가 사랑한 기억들이 있습니다. 흘린 눈물도 많았고, 누구에게도 말하지 못할 외로움도 있었습니다. 결국 이루어지지 못한 풋풋한 감정도 있었고, 부단히 살아내야 했던 어른이 되어가는 과정도 있었습니다. 그러니 가장 순수했던 나의 모습이 있는 것입니다. 사랑을 배우던 나의 십 대가 그곳에 있습니다. 이제서야 그 모든 모습을 하나도 흘리지 않고, 온전히 토닥여 줄 수 있는 사람이 되었습니다.

오랜만에 본집을 갔습니다. 늦은 저녁을 먹고서 잠깐 산보하고자 나갔습니다. 집 앞 슈퍼는 드디어 간판을 바꿨나 봅니다. 첫 글자에는 불도 안 들어와서 이름도 제대로 안 읽혔었습니다. 바람이 세게 불 때면 삐거덕거리기도 했습니다. 바꿀 때가 됐다고 생각했으면서도, 실제로 그렇게 되니 마냥 좋지만은 않습니다. 다른 곳들도 그렇습니다. 드문드문 깔끔하게 바뀐 공간들을 보니, 마음 한편으로는 무언가 섭섭한 기분도 듭니다. 그래도 바뀐 곳은 그 나름대로 생기가 있고, 그대로인 곳은 저마다의 정겨움이 있습니다. 아무렴 무엇이든 좋습니다. 계속 있어만 주세요.

주변을 둘러보며 계속 걷다 보니, 어느덧 다녔던 초등학교 근처에 왔습니다. 페인트가 잔뜩 벗겨져 있었던 벽엔 처음 보는 그림들이 그려져 있습니다. 산뜻한 색채로 저마다의 웃는 모습이 그려져 있습니다. 나도 모르게 따라 웃어 보게 됩니다. 학교 앞 청국장집은 아직 운영을 하나 봅니다. 오랜만에 맡는 익숙한 향기가 기억의 농도를 짙게 합니다. 해가 져서 그런지 운동장엔 아무도 없었습니다. 거친 모래를 신발

바닥으로 쓸며 운동장을 살며시 걸었습니다. 운동장 구석에 우두커니 서 있으니, 그 당시의 내가 종종 했던 놀이가 생각이 납니다. 먼저 인도로부터 운동장으로 적당히 걸어 나왔었습니다. 얼추 멀어 보이면 나는 마음속으로 내기를 겁니다. 열 발 만에 다시 인도로 가는 것입니다. 안간힘을 써서 뛰어 댔지만 단번에 성공하는 경우는 드뭅니다. 그러나 혹여나 실패해도 아무렇지 않습니다. 이번 판은 무효라며 중얼거리고는 다시 운동장으로 뛰어갑니다. 그러고는 아까보다 조금 앞에서 다시 시도해 봅니다. 애매하게 한 발이 모자라도 괜찮습니다. 사실 열한 발 만에 가는 것이었다고 말하면 됩니다. 스스로 머쓱한지 너털웃음을 지어 대지만, 여하튼 어떻습니까. 웃으면 되는 것 아니겠습니까. 패자는 없고 미소만 있습니다. 실패는 없고 도착만 있습니다. 누구도 이 내기를 비난하지 않습니다. 최선을 다해 뛰었던 저만 있을 뿐입니다.

우리 최선을 다해 뜁시다. 그러나 잘 안되어도 좌절하진 맙시다. 이번 판은 연습이었다고 털어 넘기고는 새로운 내기를 하러 갑시다. 우리에게 출발점은 없고 도착지만 있으니.

결국 완주하기만 하면 됩니다. 그러다 키가 크고 마음도 자라면, 조금 뒤에 가서 뛰어도 보면 됩니다. 설령 뛰다 미끄러져 넘어지더라도 낙담하진 맙시다. 도리어 뻔뻔해집시다. 바닥을 보며 울지 말고, 일으켜달라고 떼를 씁시다. 사랑이 그런 게 아니겠습니까. 손을 잡고 당차게 일어나 또 뛰어 봅시다. 그러다 어디서 울음소리가 들리면 주변도 둘러봅시다. 혹여나 누가 넘어져 있다면, 하던 내기 그만두고 일으켜 주러 갑시다. 그러고는 같이 웃으면서 손을 잡고 걸어갑시다. 열 발이 넘으면 어떻습니까. 도착만 하면 됩니다. 그러면 우승입니다. 패자는 없고, 사랑만 있습니다.

구름의 색

오늘 하늘엔 구름이 많습니다. 무척이나 새하얀 구름입니다. 움직이는 구름을 잡으려 손을 뻗으니, 손이 구름을 가립니다. 움켜쥔 손에는 희미한 손톱자국만 살짝 남았습니다. 움켜쥔 모든 것들은 자국이 되겠죠. 아니라면 애초에 잡을 수 없던 것일까요. 손을 치우니 구름이 보입니다. 벌써 저만치 흘러갔지만, 여전히 새하얗습니다. 저 구름은 어디로 가고자 할까요. 알 수 없지만 아름답습니다. 종착지가 없다 해도 새하얀 존재로 아름답습니다. 언젠가 저 구름도 까맣게 될까요. 언젠간 내 머리 위에 방울진 물을 흘리게 될까요. 구름을 생각하다 손을 다시 하늘에 뻗었습니다.

문득 제 마음의 색이 궁금해졌습니다. 무슨 색일지 모르겠지만 아마 탁한 색일 듯합니다. 제 마음은 다시 하얗게 될 수 있을까요. 비를 쏟아야 할까요. 아니면 눈물을 흘려야 할까요. 그게 아니라면 손을 뻗어야 할까요. 얕은 호흡을 반복하고 있던 마음에 무게감이 느껴집니다. 누군가 뻗은 손이 있습니다. 그 손에 있는 흉터 모양으로 마음에 구멍이 뚫립니다. 구멍 사이로 물이 흐릅니다. 제 마음이 비를 흘립니다.

건조함

말라붙은 입 어딘가에서 떠돌던 수분이 갈 곳을 잃었다. 방황하던 수분은 하염없이 걷다 눈가에 이르렀다. 밖으로 나오기 두려운 마음에 멍하니 눈 주변을 떠돈다. 그러다 빨개진 눈가에 놀라 툭 하고 세상에 나온다. 아직도 떼지 못한 입은 마르기만 한다. 어쩔 줄 모르는 마음은 어디에도 가지 못한 채 그 자리에 있다. 말라붙은 입술 사이가 갈라지듯 떼어지더니 소리를 뱉는다. 그러자 이번엔 마음이 마른다. 마음의 수분까지 눈가가 모두 가져가 버린다.

어딘가는 마른다. 하염없이 마르기만 한다.

마음의 감도

마음에는 감도가 있는 것일까. 강한 부딪힘에도 굳세던 마음이 왜 어떨 때는 작은 속삭임에도 한없이 무너지는 것일까. 씨앗은 한 종류의 꽃을 피워야 할 터인데, 나의 마음엔 왜 이리 많은 마음이 피었다 지는가. 나의 마음은 변한 것인가. 아니면 상한 것일까. 상한 씨앗은 버려야 할 터인데, 그렇다면 나의 마음은 버려져야 하는 것일까.

아무리

아무리 화려한 색을 덧칠해도, 검은 바탕 위에 칠한 색들은 빛을 내지 못할 것이다. 이미 균열이 간 마음엔 물을 가득 부어도 금세 새어버리고 만다. 어찌할 바를 몰라 쉬지 않고 물을 부어본다.

소망

나는 꽤나 변덕이 많다. 내 방엔 읽다 만 책들이 잔뜩 쌓여 있다. 과자를 먹어도 끝까지 먹지 않는다. 그래서 낱개의 과자 봉지들이 방 곳곳에 쌓여 있다. 내 방엔 악기가 많다. 피아노도, 기타도, 먼지가 쌓여 있는 색소폰도 있다. 어쩌면 내 방은 나의 변덕이 한데 모인 장소일지도 모른다.

나의 감정도 다르지 않다. 눈을 질끈 감고 내린 다짐도 하루아침에 무너지곤 한다. 밤새 불타올랐던 열정이 아침이 되면 눈 녹은 듯 사라지곤 한다.

그렇기에 나는 한결같은 사람이 되고 싶었다. 사라지기 직전까지 연기를 내뿜는 드라이아이스처럼 사그라들지 않는 무언가를 가지고 싶었다. 누군가에게 변하지 않는 사랑을 주고 싶었다.

너에게 언제나 한결같은 사람이 되고 싶었다. 아픔을 사랑할 수 있는 사람이 되고 싶었다. 있는 그대로도 사랑받을 수 있다는 것을 너에게 알려 주고 싶었다.

어쩌면 나의 변덕은 바람의 연속이었고, 어쩌면 나의 바람은 여전히 너인 걸지도 모르겠다는 생각이 문득 들었다.

모순

결말이 다 알려진 이야기는 그 힘을 잃는다. 미지의 결말에 가슴을 졸이던 어린 아이는 그곳에 없다. 이 당연한 순리는 어쩌면 나를 어른스럽게 만들었지만, 나는 당연한 것 외에는 꿈꿀 수 없는 애늙은이가 되었다. 나이가 든다는 것은 이런 것일까. 문득 아무것도 꿈꾸지 못할 나의 모습이 떠올라 두려워졌다. 공허하지도, 슬프지도 않은, 어떤 감정으로 꾸며낼 필요가 없는 순수한 두려움이다. 두려움의 가장자리까지 찾아 나서니 그곳엔 네가 있다. 결말을 지을 수 없어 외면했던 네가 그곳에 있다. 결국 사랑은 두려움이었다. 그리고 두려움은 사랑이었다. 한 줌의 무게도 없어 가벼워야만 하는 생각이 당연하지 않게 무겁게 느껴진다.

검어진 눈

새하얀 눈. 그런 눈은 녹아 색을 규정할 수 없게 된다. 모든 색깔의 빛을 담아낼 수 있는 투명한 물. 세상의 모든 마음을 담아낼 수 있다. 그런 눈 위로 몇 걸음 내디뎌 본다. 약간의 신발 때가 묻은 눈은 녹아 구정물이 된다. 지나치게 규정할 수 있는 색이다. 더는 아무것도 담아낼 수 없다. 검다.

검어진 눈은 다시 하얗게 될 수 있을까. 모든 것을 내어준 눈의 결말은 타락이다. 남은 것은 신발 자국. 시간이 더 지나면 남을 것은 검은 물. 그마저도 지나면 그곳엔 아무것도 없다. 산꼭대기의 눈은 여전히 하얗다.

저마다의 어둠

요사이 구름은 그림처럼 피어난다. 하얀색의 마음이 겹겹이 쌓여 있다. 내가 사는 세상이 평면이 아니라 3차원이라는 것을 일깨워 주는 듯하다. 단 하나의 각진 부분도 없고, 오롯이 둥글기만 한 마음이다. 내 마음은 군데군데 얼룩이 졌지. 새하얘지길 바라진 않으니, 모난 부분만 없었으면 좋겠다. 몽실몽실한 구름 위로 태양이 떠 있다. 하얀 마음 안고서 여러 갈래로 빛이 내린다. 구름에 비친 빛은 유난히 안온하다. 여러 번 부딪힐수록 여러 마음을 품고서 온다. 내 손바닥 위에 비치는 빛은 폭삭대는 구름을 담은 온기다. 하루도 거르지 않고, 매일 같이 약속을 지키러 오는 해가 참 좋다. 매일

같이 새로운 마음을 가져다준다. 그러고는 여러 얼굴을 솔직하게 보여준다. 울음 그칠 때까지 넉넉히 다독여 주는 우리는 둘도 없는 친한 친구다. 그런 해가 지는 것이 유독 싫었다. 해가 지면 세상도 진 것만 같았기 때문이다. 그래서 항상 노을이 붉어질 즈음까지만 보고, 사그라들기 전에 서둘러 도망갔다. 헤어짐에 아쉬워 눈시울 붉히는 것이 우리의 끝인사였다. 그러니 나는 밤을 모르고 살았다. 시간은 부단히 태어나고 저물기를 반복하겠지만, 어둠을 가져다주지는 못했다. 그러니 나의 세상은 온통 백야였다. 해가 패배하는 세계는 없었다.

오늘도 어김없이 해를 보러 가려는데 네가 그러는 것이다. 자기도 같이 가보고 싶단다. 결코 지지 않는 세상에 너도 온다니 더할 나위 없이 기뻤다. 우린 적색과 갈색이 어중간하게 섞인 벤치에 기대앉았다. 그곳에서 태양이 비춰주는 여러 마음을 한껏 누렸다. 그러고는 서로의 손을 맞대어 각자의 마음도 그 위에 포갰다. 너의 마음은 구름처럼 부드럽게 폭삭댔다. 여느 때처럼 태양은 마지막으로 불그스레한 마음을 건넸다. 나도 노을을 보며 넉넉히 고개를 끄덕였다. 이내 일어서려는데 네가 문득 그러는 것이다. 나와 밤하늘을 같이 보고 싶단다. 당황한 나는 열심히 항변했다. 밤이 얼마나 무서운지 아느냐고 말이다. 세상 모든 마음이 지고, 어둠만 덩그러니 남는 잔혹한 곳이라고 타일렀다. 그러나 너는 아니란다. 밤은 나를 닮은 곳이란다. 나처럼 빛나는 곳이란다. 나는 네가 한참 잘못 알고 있는 거라며 열변을 토했다. 그러나 너는 한없이 단호하다. 나는 두려워졌다. 한 번도 밤을 마주한 적이 없었기 때문이다. 어찌할 바를 몰라 발을 동동 구르고 있는데, 노을이 옅어지기 시작했다. 나는 이내 너의 손을 쥐어 잡고는 눈을 꽉 감았다. 내가 만든 어둠이니 지는 건 나뿐이라고, 너는 아직 괜찮으니 얼른 도망가라며 중얼댔다. 그러고 있으니 너는 내 어깨를 툭툭 치며 말했다. 눈을 떠보란다. 나는 고개를 과하게 저으며 안 된다고 했다. 너의 마음이 저물지 않게 지켜주어야 한다고 했다. 너는 듣더니 한참을 조용히 있었다. 영문을 모른 나는 당황하여 너의 이름을 부르려 했다. 너는 그 찰나에 나를 왈칵 잡으며 놀라게 했다. 나는 한껏 놀라서 무심결에 눈을 떠버렸다.

밤이 환하다. 어둠 속에도 작은 마음들이 여럿 있었구나. 수줍어 전하지 못한 마음이 떠다니고 있었구나. 자그마한 빛이 모여 사랑의 형태를 띤다. 어둠이 꽃처럼 피어났다. 눈가에 별빛이 흔들린다. 바람이 별을 흔드는 건지, 별이 내 마음을 흔드는 건지 알 수가 없다. 주위엔 사람들이 밤하늘을 보며 환하게 미소 짓고 있다. 그래, 그런 거였구나! 어둠은 또 다른 사랑의 방식이었구나. 도달하지 못해도 이미 온전했던 마음이었구나. 어느 것도 지지 않는다. 모두 웃고만 있다.

우린 저마다의 어둠을 담고서 산다. 전하지 못한 마음, 과거에 대한 후회와 미련, 스스로에 대한 서러움같이 쉽게 보일 수 없는 마음들을 모두 모아 어둠 속에 숨겨둔다. 누군가는 넉넉하게 또 누군가는 미약하게 품어낸다. 이따금 어둠의 농도가 짙어지더라도 너무 걱정하지 않아도 된다. 단 하나도 지지 않고 빠짐없이 사랑이 될 거다.

부담

때론 주변의 너무나 큰 기대에

때론 혼자 앓던 너무나 큰 부담에

쓰러지고 무뎌지기를 반복했지만

티를 내진 못했다

나만 힘든 게 아니라는 생각에

실망시키지 않겠다는 마음에

눈 앞이 어둡더라도

밀려드는 생각을 이기지 못해 불을 껐다. 아무것도 보이지 않았다. 암흑이 작은 불안과 함께 눈을 가렸다. 완연한 어둠이었다. 그러나 시간이 지나며 눈에 들어오는 것이 있었다. 생각을 이기지 못해 애써 내려놓은 펜도. 오랫동안 읽지 않고 쌓아둔 책들도. 평소엔 눈에 들어오지 않던 벽지의 작은 무늬들도. 선명하지 않고 되레 희미했지만, 결단코 약하지는 않았다. 그렇게 조금씩 나의 눈을 채웠다.

삶도 그렇지 않을까. 당장 눈앞에 완연한 어둠만 존재하는 것처럼 느껴질 수 있다. 그러나 분명 시간이 지나며 조금씩 보이는 것들이 있을 것이다. 수 없이 몰려드는 생각이 나의 마음을 요동케 하더라도, 영원히 몰아치는 감정은 없을 테니. 세차게 몰아치던 태풍도 언젠간 사그라들 테니까.

한 줌의 호흡

호흡 끝에 닿은 공기가 칙칙하다. 한참을 기다리던 공기는 한 줌의 숨으로 인해 요동친다. 무심결에 죽음을 느낀 것일까. 무언가 모를 죄책감을 마신다. 아마 내가 마신 것은 공기가 아닌 칙칙함이었을까. 급하게 잠겨 있던 창문을 연다. 서늘한 감촉에 금세 모든 걸 잊어버린다. 기다렸다는 듯 몰려오는 바람은 자신이 한 줌의 머무름이 될 것을 알까. 자신의 미래를 깨달아 버린 공기는 바닥으로 가라앉을 뿐이다. 호흡될 것을 기다리고만 있다. 언젠간 나도 한 줌의 호흡이 될까. 나는 누군가의 죄책감일까. 서늘함일까. 아니면 한 편의 영감일까. 창밖의 바람 소리가 나를 깨운다. 비처럼 젖어 있는 나를 나무라기라도 하듯.

별똥별이 있어

카페에 앉아 원고를 다듬고 있었습니다. 한동안 앉아 있었던 탓인지 허리도 뻐근하고 집중도 잘 안 되어서 멍하니 천장 등을 쳐다보았습니다. 옆자리에 커플로 보이는 두 사람이 앉았습니다. 자리가 꽤나 가까웠기 때문인지 들으려 하지 않아도 대화가 선명하게 귀에 들어왔습니다. 자리에 앉자마자 여자분은 한탄하는 말투로 말했습니다. 자신이 기르는 아기 고양이가 자신과 뽀뽀하기만 하면 이내 밥을 먹으러 간다고 말입니다. 그래서 살이 많이 붙어 걱정이라는 내용이었습니다. 한참을 묵묵히 듣던 남자분은 여자분의 말이 끝나자 살짝 미소를 머금으며 말했습니다. 자신이 잘 아는데 아기 고양이들은 자신이 가장 행복하다고 느낄 때 밥을 먹으려고 하는 경향이 있답니다. 그러니 많이 움직이도록 놀아주면 괜찮아질 거라는 말이었습니다. 여자분은 금세 환한 표정이 되어 말투의 생기를 되찾으셨습니다. 남자분은 저랑 잠깐 눈이 마주치고는 멋쩍은 듯 웃어 보이셨습니다. 여자분이 잠깐 자리를 비우셨을 때 넌지시 다가가 여쭤봤습니다. '아기 고양이들은 정말 그런 습관이 있나요?' 남자분은 한 손으로 머리를 긁으며 이렇게 대답하셨습니다. '사실 저도 잘 모르는데, 슬픈 표정을 짓게 두고 싶지 않아서 그렇게 대답했어요.' 저희는 약속이라도 한 듯이 말이 끝나고 몇 초간의 정적을 가지고선 한탕 웃었습니다. 여자분께는 비밀이라는 약속을 굳게 하고서 우리는 각자의 자리에 앉았습니다.

그들이 향유하는 마음을 한동안 머금고 있으니, 저도 문득 그러한 경험을 한 적이 있다는 것이 떠올랐습니다. 우리는 대여 자전거를 타고서 발길 가는 곳을 떠돌았습니다. 밤이 무릇 깊어질 즈음에 자전거를 제쳐두고는 먼지가 덜한 바닥에 주저앉았습니다. 해운대 바다가 잘 보이는 곳이었습니다.

그날 바다는 밤하늘보다 더욱 완연한 어둠을 내보였습니다. 당신은 고개를 들어 하늘을 한참을 바라보더니 이내 제 어깨를 툭툭 치며 말했습니다. '하늘에 별똥별이 있어.' 저도 당신과 나란히 앉아 같은 하늘을 바라보았습니다. 한동안 머금던 침묵을 깨고 제가 말했습니다. '근데 저거 별똥별 아니고 인공위성 아니야?' 제 대답을 들은 당신은 별똥별이라 말했던 그것을 한참 더 바라보았습니다. 그러고는 이내 하늘에 시선을 둔 채로 대답했습니다. '네가 말하기 전까지는 별똥별이었어.' 저는 아직 그 대답을 기억합니다.

단 한 마디가 마음에 과분한 파동을 만들 수 있습니다. 제가 앞으로 딱 한 마디밖에 할 수 없다면 무슨 말을 하면 좋을까요. 어떤 말이라도 좋으니, 누군가의 삶에 희망을 줄 수 있는 말이었으면 좋겠습니다. 꿈을 꾸게 만드는 한마디였으면 합니다.

너에게 한결같은 사람이 되고 싶다

입구가 널따란 물병 안에 꽃이 비스듬히 기대어 있다. 하늘을 향해 올곧을 힘을 잃은 것을 보니 수명이 거의 다한 듯하다. 얼마 지나지 않아 마지막 꽃잎도 퇴색하고 말았다. 네가 주었던 샛노란 색을 완연히 잃었다. 아닌가 새로운 색을 얻어낸 것인가. 여하튼 네가 주었던 색과는 달라졌으니, 이젠 네가 준 마음이 아니라 내가 살아낼 마음이라 부르는 게 적절할 것이다. 다른 이들은 말려서 보관하라는데 구태여 그러지는 않았다. 보내줄 때를 아는 사람이 되고 싶었다. 나의 욕심으로 저물려는 마음을 붙잡아 두고 싶지는 않았다. 온전히 시들 때까지 기다려주었다가 아끼던 포장지에 싸서 보내주었다. 버리는 꽃을 고이 포장하는 모습이 스스로도 이상했다. 그런데 그게 나의 마음이었다. 네가 주었던 것이니 저문 마음마저도 예쁘게 보내주고 싶었다. 이별마저도 아름답고 싶었다. 꽃이 있던 자리는 비워두었다. 괜스레 다른 마음이 차오르지 못하도록 하고 싶었다. 온연히 공백을 느끼고자 하는 몸부림이었다.

일정을 마치고 돌아와 현관문을 열었는데 꽃향기가 났다. 꽃이 존재할 때보다 되레 더 깊게 났다. 휘둥그레진 눈으로 방을 둘러 보니 여전히 자리는 비어 있다. 그러나 향은 저무는 법을 잊은 것 같다. 정확히 말하자면 너의 농도가 진하다. 네가 주었던 마음이 짙게 맴돌고 있다. 존재는 사라지면서도 또 하나의 마음을 남긴다. 복원할 수는 없지만, 출처는 분명한 마음이다. 무수히 많은 쉼표만 줄줄이 찍히니 온점이 없는 세상이다. 나는 네가 남긴 마음을 온전히 들이쉬며 또 하나의 사랑을 적어낸다. 비어 있는 여백은 그 자체로 하나의 마음이었다.

멋대로 흐르는 시간은 네가 준 꽃을 시들게 했고, 우리도 변하게 했다. 그러나 순응하지 않아도 된다면, 너에게 한결같은 사람이 되고 싶다. 변함없는 믿음을 주고 싶다. 꽃이 저물지라도 향기는 남아 머물렀다 갈 테니, 그사이 걱정 없이 시들고 피어나 주길 바란다. 내가 한순간도 놓치지 않고 너의 향기를 모두 기억하겠다. 한결같은 사랑을 고이 들고 기다리겠다.

4부 그럼에도 불구하고 너를 사랑해

안쓰러움마저도 사랑해

지나간 밤의 아픔을 누구도 선명한 글씨로 쓰지 않았습니다. 누구도 기억하려 애쓰진 않았지만, 도리어 당당히 마음 정중앙에 자리를 잡습니다. 그러고는 기어코 지나가는 모든 기억에 스쳐 흔적을 남깁니다. 아픔이 살아가는 방식이 그런가 봅니다. 특히 당신과 나눈 아픔은 더욱 그러한 형태를 띠어서, 서로 주어도 줄어들지 않고 커지기만 합니다.

당신과 다툰 날이면 유독 쉽게 잠들지 못합니다. 눈을 감아도 촘촘히 보이는 당신의 흔적이 있습니다. 사랑엔 잘 짙어지지도 않더니 아픔에만 한없이 너그럽습니다. 한동안은 더없이 저항합니다. 음악을 듣기도 하고, 베개를 뒤집어서 쓰기도 합니다. 아픔이 묻은 자취를 밀어내려 한 것입니다. 그러나 옅어지기는커녕 되레 진해지기만 합니다. 당신이 그런다고 쉽게 떠밀릴 마음이면 우리가 사랑을 하지도 않았겠죠. 나는 이내 버둥대는 것을 그만두고 온전히 내기하기로 했습니다. 누가 이기나 보는 겁니다. 당신이 남긴 흔적조차 한번 이긴 적이 없지만, 기어코 오늘 밤도 하는 겁니다. 우리가 사랑한 기억을 모두 거슬러도 화가 풀리지 않으면 내가 이긴 겁니다.

우리의 애정을 하루씩 기억해 봅니다. 지금부터 우리가 처음 만난 순간까지 가는 겁니다. 그러니 우리가 만난 날이 늘수록 내가 밤을 지새울 시간도 길어집니다. 오늘은 이미 해가 떴는데도 아직 거슬러 갈 날들이 한참 남았습니다. 그러나 마냥 아프지만은 않은 시간입니다. 결국 내가 졌거든요. 원인은 슬픔이었을지라도 결말은 사랑하는 당신 모습입니다. 해맑게 웃던 당신의 표정을 더러 떠올릴 수 있어 나름 좋습니다.

당신은 유독 사랑이 무엇이냐고 많이 물었습니다. 나는 멋있는 대답을 하고 싶었습니다. 그런데 막상 떠올리려 하니 식상한 대답밖에 생각이 안 나더군요. 무엇보다 그 말들이 나의 사랑이라기엔 이질감이 느껴졌습니다. 그래서 아직도 제대로 된 마음을 전하지는 못했습니다. 당신은 웃으며 천천히 대답해달라고 했죠. 사랑은 말로만 하는 게 아니라 하면서요.

당신과 머금었던 모든 사랑을 떠올리는 것을 마쳤습니다. 온갖 마음을 모두 들이쉬고 나서야 결론을 찾았습니다. 우리가 한바탕 다툴 때면 당신은 종종 울먹였죠. 내 마음도 어찌나 억울했는데, 당신이 우니까 그게 하나도 안 중요하더군요. 내가 가진 가장 좋은 것을 내어주고서라도 당신의 미소를 구해다 주고 싶었어요. 당신의 눈물이 마음을 가리던 벽을 허물었습니다. 그러니 투명한 당신의 마음이 보였습니다. 우리가 마음을 넉넉히 걸으며 산책하고 있다고 생각했습니다. 그런데 당신은 내 걸음에 보폭을 맞추느라 숨이 찼을 수도 있겠더군요. 나름의 합리화를 반복하면서 당신을 달래주어야 할 이유를 찾고자 애쓰는 나의 모습이 보였습니다. 그래! 사랑은 이런 것이었어요. 나는 당신의 안쓰러움마저도 사랑해요.

천천히 걸어요. 주변도 보고, 서로의 미소도 봐요. 힘들면 쉬었다 가요. 벤치에 나란히 앉아 같은 곳을 바라봐요. 당신이 자기를 사랑하냐고 물으면, 기다렸다는 듯 고개를 왕창 끄덕일게요. 그러고는 내가 찾은 사랑, 수줍게 말해줄게요.

외로이 두지 않을게

꽃을 보러 가자. 힘이 들까 걱정하지 마. 내가 앞장서서 너를 이끌게. 우릴 향해 손 흔드는 나무들을 향해서 걸어가자. 무릎 춤에는 꽃들도 피어 있겠지. 그저 내 손을 잡고서 가자. 내가 다 해결해 줄게. 꽃밭에 도착할 즈음이면, 네 마음도 녹아 아무런 얼룩도 남지 않을 거야. 걱정 없이 향기를 맡자. 모두 담아 그림을 그리자. 네 마음엔 노란 민들레, 내 마음엔 분홍 튤립으로 하자. 네가 튤립을 좋아하잖아. 시간이 지나도 시들지 않을 거야. 네가 언제나 나의 봄이니까. 네가 오른쪽으로 무너지면, 내 왼쪽 어깨를 내어줄게. 서로 기대어 잠깐 쉬자.

네가 꽃을 해. 내가 하늘이 될게. 내 모든 걸 너에게 줄게. 그러니 걱정하지 마. 내가 너를 밤새 환히 비출게. 힘이 들면 잔디밭에 누워 조금 자자. 잠깐 꿈을 꾸자. 내가 너의 꿈에 찾아갈게. 너를 외로이 두지 않을게.

너의 색깔

오늘 하늘은 유난히 맑았다. 구름 한 점이 없었다. 홀린 듯이 카메라 렌즈에 광경을 품었다. 한동안 푸른 마음을 담아내며 생각을 정리했다. 그런데 문제가 생겼다. 아직 결론짓지 못한 마음이 많은데, 어둠이 몰려오더니 하늘을 덮어 버린 것이다. 그러고는 한껏 검어진 채로 독백을 한다. 미세한 떨림이 자취를 감췄다. 적잖이 먹먹해 보였다. 그런데 이상하게도 이내 한 가지 결론이 마음을 온전히 메웠다. 그럼에도 불구하고 여전히 하늘이 좋다는 것이다. 그러고는 어두워진 하늘을 두 눈에 온전히 품었다.

언젠가 너와 다시 스칠 날에 너는 어떤 색을 띠고 있을지 궁금해졌다. 우리가 사랑하던 파란빛을 여전히 내고 있었으면 좋겠다. 설령 어둠이 너를 물들였더라도 그럼에도 괜찮다. 내가 너의 파란빛을 기억한다. 너의 색을 함께 살아낼 것이다. 그러니 어떤 모습이라도 괜찮다.

온몸으로 가려줄게

오늘은 어땠어. 행복한 하루였니? 멀리서 걸어오던 너의 표정이 어두워 걱정돼. 나를 알아채고서는 금세 웃어내 보였지만, 내가 너를 알잖아. 눈만 마주쳐도 네 마음 다 알아. 오늘은 외식하자. 밖에 나가보자. 손을 꼭 붙잡고서 시원한 바람을 맞자. 네가 좋아하던 우삼겹 먹을까? 평소에도 사줬어야 하는데 이럴 때만 먹자고 해서 미안해. 그 대신 오늘 실컷 먹자. 다 먹으면 망고 빙수도 먹자. 이미 내가 찾아놨어. 너 한동안 먹고 싶어 했던 거 내가 다 알지. 거의 먹어갈 즈음에는 조금만 얘기해 줄 수 있을까? 짜증 섞인 말투여도 괜찮아. 내가 너를 잘 아는데 뭐. 정리가 안 돼서 두서없어도 괜잖아. 네 말은 내가 제일 잘 알아들어. 한동안 침묵이 이어져도 괜찮아. 절대 너를 재촉하지 않을게. 너의 존재 자체가 내겐 기쁨이야. 아무 말도 하지 않고 묵묵히 들을게. 네 말이 끝나면 그냥 널 끌어안을게. 서로의 심장 소리를 들으며 조금만 쉬자. 울음이 나올 것 같으면 밖에 나갈까? 아무도 네 울음소리 듣지 못하게 시끄러운 곳으로 가자. 마음 놓고 울어도 돼. 누가 볼까 무서워하지 않아도 괜찮아. 아무도 네 울음을 수군대지 않게 내가 온몸으로 가려줄게. 내 품에 숨어도 돼. 내가 너를 지켜줄게.

울창한 초록

우리의 여름이 기어코 다 갔습니다. 마음이 듬뿍 담긴 계절이 또 우리를 한껏 흔들고서 갑니다. 누군가는 당신을 표현할 때 따듯한 색의 마음을 가진 가을 같다고 합니다. 또 다른 이는 포근하게 쌓인 눈밭을 닮은 겨울 같다고 합니다. 하지만 당신은 나만 아는 모습을 잔뜩 보여주었으니, 그걸 아는 나는 당신을 여름이라 부릅니다.

당신은 날이 덥다며 나서서 데이트코스를 짜오던 사람이었습니다. 그러고는 칭찬받고 싶어서 온종일 쭈뼛거리던 사람이었습니다. 날 여기저기 데리고 다녀주었습니다. 당신 덕에 새로운 경험을 많이 했습니다. 당신은 내게 사랑받는다는 느낌을 알려주었습니다. 나에게 예쁜 것을 많이 보여주려 했습니다. 저녁이 되어 날이 좀 풀리면, 나를 데리고 같이 걸어줬습니다. 벌레를 그렇게 무서워하면서 날 위해서라면 대신 잡아줬습니다. 그러고선 하나도 안 무서운 척 바보처럼 실실 웃어댔습니다. 나를 웃겨주려 무척이나 애를 썼습니다. 나는 그런 당신 덕에 많이 웃었습니다. 누군가는 봄의 수줍은 분위기에 떨린다고 하고, 연말의 겨울 노래가 두근거린다고 합니다. 그런데 나는 당신과 걷던 여름밤 거리가 그렇게 설렜습니다.

그러고 보면, 여름은 나무를 참 사랑했습니다. 자신의 온몸이 바스러질 정도로 모든 걸 주었습니다. 가질 수 없던 울창한 사랑을 선물했습니다. 초록의 안온한 힘을 쥐여주었습니다. 그러나 멋대로 흐르는 시간은 힘을 잃은 여름을 데려가 버립니다. 그러고는 그 자리에 다른 계절을 앉힙니다. 여름은 주저앉은 채로 모두 보아야만 합니다. 다른 사랑에 붉어지는 것도, 자신이 주었던 모든 잎을 잃고서 부끄러워지는 것도, 다른 품에 안겨 새로운 마음을 틔워내는 것도 억지로 새겨 넣어야만 합니다. 그런데 돌아온 여름은 아무런 상관없다는 듯이 또 자신을 온통 내어줘 버립니다. 조금도 변하지 않은 마음을 고이 건네줍니다. 나는 그런 여름을 이해할 수가 없습니다.

왜냐하면 그건 당신의 사랑 같았기 때문입니다. 당신은 흑백으로만 가득했던 나의 삶에 색을 하나씩 더했습니다. 그것을 위해 당신이 바스러져야 하더라도 그렇게 했습니다. 나는 몇 번이고 그런 당신을 이상하다고 생각하면서도 속으로는 당신처럼 사랑하고 싶었습니다. 당신의 사랑은 살아 있었고, 그 자리를 지켰고, 가난했습니다. 그래서 당신의 팔레트에는 온통 저였습니다. 제게 주고 싶은 색으로 가득했습니다. 당신은 모진 나의 말에 눈물 흘리면서도 기어코 나를 안아주려 했습니다. 그럼에도 불구하고 사랑한다고 말했습니다.

이해되지 않는 그 사랑을 나도 당신에게 주고 싶습니다. 당신을 아프게 해서 미안합니다. 당신이 어떻게 쥐여준 색인지 내가 아는데, 내가 그 빛깔을 모질게 지웠습니다. 그러니 조금만 기다려주세요. 겁먹었던 모습을 버릴 때까지만. 그을린 기억의 흔적이 옅어질 때까지만. 당신이 잡아도 아프지 않을 만큼 모난 마음이 마모될 때까지만.

온갖 색을 준비하지는 못했지만, 당신을 닮은 초록은 넘치게 담아냈습니다. 나도 당신에게 울창한 사랑을 주고 싶습니다. 그리고 그날이 오면, 나를 빈틈없이 꼭 껴안아 주세요.

그럼에도 불구하고 너를 사랑해

우리가 늘 하던 게 사랑이래. 근데 난 아직도 사랑이 뭔지 정확히 모르겠어. 참 이상하지? 이게 사랑이 가진 모순인가 봐. 여하튼 좋아. 너에게 매일 새로운 마음을 줄 수 있잖아. 남들이 사랑을 먼저 정의해도 우리가 거기에 발맞추지는 말자. 우리의 속도로 사랑을 살아내자. 순간순간 배울 사랑의 언어를 많이 들려줄게.

그동안 힘든 순간도 많았지? 내 사랑이 미숙해서 미안해. 우리의 시간도 굴곡이 참 깊었다. 너의 아픔을 같이 살아내겠다고 해놓고 번번이 겁먹어 주저하기도 했어. 아픔을 살아내는 실력이 노력만으로 출중해질 수는 없겠지만, 오기로 버티는 거라면 이젠 자신 있어. 이따금 해일처럼 큰 두려움이 우리를 향해 또 파도쳐 오겠지. 그러나 내가 온몸으로 너를 지킬게. 단번에 네 앞으로 뛰어가 모두 맞아낼게. 그러면서 널 등지지도 않을게. 등에 여러 갈래로 상처가 나고, 두 다리가 휘청여도, 너를 향한 미소는 잃지 않을게. 저 방향으로 정처 없이 뛰어가. 나는 언제 오느냐고? 걱정하지 마, 금방 따라갈게. 네가 혼자 살아낸 시차를 따라잡으러 갈게. 어디에 있든 외로이 두지 않을게.

널 원망한 순간은 없었냐고? 당연히 있었지. 그러나 아주 미약해. 그것과는 비교할 수 없이 그때의 나를 후회할 때가 더 많아. 네게 기대어 쉴만한 나무가 되어주고 싶었는데, 너는 내게 돋은 가시들 때문에 적잖이 아팠겠더구나. 그럼에도 너는 아픔을 온통 머금으면서까지 기어이 내게 기대고 싶어 했지. 그런 너를 넉넉히 토닥여 줄 걸 그랬어. 나는 그런 속도 모르고 네가 운다고 자꾸 나무랐었구나. 이제 아플까 봐 걱정하지 마. 내 상처 따위로 핑계 대지 않을게. 가시를 모두 베어낼게. 찰나의 두려움도 있겠지만, 단번에 해낼게. 그러고는 웃으며 달려오는 너를 폭삭 안아낼게. 때론 실수해도 괜찮아. 아픔을 준대도 그럼에도 괜찮아. 완벽한 너를 사랑하는 게 아니야. 사랑해서 완벽하지 않아도 괜찮은 거야.

우리가 함께하는 모든 순간에 항상 좋은 일만 일어날 수는 없겠지만, 무슨 일이 일어나건 관계없이 행복할 수는 있잖아. 그러니 우리 미련하게 손잡고 떠나자. 한껏 바보 같은 결정을 하러 가자. 수더분한 미소로 잔뜩 웃으러 가자. 사랑에 사랑을 하염없이 덧쌓아 오를 만한 동산을 만들자. 피어나는 여러 마음도 보자. 때로는 힘든 순간도 있겠지. 서로의 온기가 희미하게 느껴지는 날도 있겠지. 누군가는 왜 그렇게까지 하냐고 물어오겠지. 때가 지나도 쉽게 저물지 않는 아픔이 우리의 마음을 아리게 하는 순간도 있겠지. 그러나 단 하나의 순간도 제하지 않고, 우리의 모든 찰나는 오롯이 사랑으로 완성될 거야. 그러니 그럼에도 불구하고 나는 너를 참 사랑해.

모든 것이 변해도

상실을 경험하는 나무는 꾸준히 여름을 잃어갔다. 지구의 무게를 홀로 견디는 모양새로 녹음을 후드득 내놓는다. 얼마 지나지 않아 계절을 모두 잃고서 벌거벗을 것이다. 영원을 그리던 전거 없는 마음을 모두 빼앗기고서 온화한 눈물을 흘릴 것이다. 아득히 먼 개화를 벌써부터 알알이 사랑하며 적막을 살아낼 것이다. 나무가 또 하나의 사랑을 살아내는 광경을 모두 보았다. 미련하게 온몸을 내어주던 사랑의 방식에 속절없이 젖었다. 나는 그런 나무가 좋았다. 이름조차 상실한 빈 가지라도 그것이 행하던 사랑은 달라지지 않으니. 모든 것을 소실해도 변함없는 사랑. 나도 어쩌면 그렇게 사랑하고 싶었다.

작약꽃의 수줍은 향기를 닮은 사람아. 너는 무언의 마음을 한껏 헤집고서 기어코 나의 중얼거림의 주인공이 된다. 구태여 내가 사랑을 믿게 한다. 그러나 그러기 위해 한사코 애쓰진 않아도 된다. 네가 어떤 모습인지는 나의 사랑에 그다지 상관이 없다. 어떠한 행동으로 인해 너를 순애하는 것이 아니다. 네 존재 자체를 사랑하는 것이다.

심도

강에는 파도가 치지 않는다. 그래서 강은 여러 모습을 잘 비추어 낸다. 흔들리지 않는 물가가 다른 마음들을 비추어 다시 건넨다. 언젠가 내 마음이 넓은 바다가 되었으면 좋겠다고 생각했던 적이 있다. 그러나 이젠 될 수 있다면, 바다가 아니라 강이 되었으면 좋겠다. 기어이 바다가 되어야 한다면 깊은 수심을 지니었기를. 파도 따위에 흩날리지 않도록. 네 마음이 쉬어갈 수 있도록.

안부를 묻고 싶어요

영영 지워지지 않을 것 같던 슬픔이 무던해지는 것을 경험합니다. 반복될수록 대부분의 아픔은 시간이 보듬어 준다는 것을 깨닫게 됩니다. 그러나 맞닥뜨리면 아픈 것은 어쩔 수가 없습니다. 어서 아무것도 아닌 날이 되어주기를 바랄 뿐입니다. 그런 나의 속사정을 알기나 하는지 마음은 주기적으로 방황합니다. 의지와는 상관없이 눈물이 흘러버리는 순간도 있어요. 두려움을 누르고서 아픔과 대면하려 할 때도 있습니다. 그러다 마음 맞는 노래를 만나면 펑펑 울기도 합니다. 마음 같지 않은 나의 모습에 속상한 순간도 존재합니다. 때론 원망스럽기까지 할 때도 있습니다. 정말 잘 해내고 싶은데, 여력이 없어서 한없이 버겁기만 날이 있어요. 어김없이 똑같은 순간에 넘어지는 자신이 원통하기만 합니다.

그때 나는 무엇이 필요했을까요. 자그마한 따듯함이 받고 싶었습니다. 한없이 건조한 마음에 작은 불씨가 필요했어요. 몇 겹의 벽을 세워둔 탓에 들어오기는 쉽지 않았겠죠. 그래도 누군가 미로를 헤매고 들어와 안아줬으면 하는 꿈이 있었습니다. 당연하게도 그런 기적은 일어나진 않았습니다. 그러나 벽 앞에서 한참을 노크하던 다정한 마음들이 있었습니다. 쭈뼛대며 얼굴을 내밀자 나를 와락 끌어안더군요. 푸근한 온기가 일었습니다.

요즘 마음은 어떠신가요. 안부를 묻고 싶습니다. 벅차오를 감정도 선물하고 싶습니다. 눈물 섞인 웃음을 환하게 지으며 하늘을 올려다볼 마음이요. 괜찮다며 토닥여 주고 싶습니다. 불현듯 사무치는 서로의 아픔을 완연히 이해할 수는 없겠지만, 다 알지 못해도 그냥 안아주고 싶어요. 여력을 다해 부단히 온기를 주고 싶습니다. 당신과 같은 표정을 짓고서 마주

보며 애썼다고 말해주고 싶습니다.

나만 아는 계절

우리가 만든 다섯 번째 계절이 왔다. 온전히 너를 위한 계절이다. 소멸과 소생의 경계에 있는 시간이다. 마음만 표류하는 이 시간에 나는 너의 두려움을 받아 내고자 했다. 너는 유독 봄맞이를 버거워했다. 맞닥뜨린 이별을 알알이 기억하는 것도 버거운데, 피어날 마음을 어찌 벌써 맞이하냐며 한탄했다. 겨울이 다 저물려 할 때마다 너는 입버릇처럼 말했다. 계절이 하나만 더 있었으면 좋겠다고 말이다. 작별 인사를 할 시간. 떠나보내지 못한 마음에게 여유롭게 끝인사를 건넬 시간. 넉넉히 원망도 하고, 전하지 못한 사랑을 고백할 시간. 억지로 웃어내지 않고, 온전히 슬퍼하기만 할 시간이 필요하다고 말이다. 우리가 가장 아끼던 노란 금잔화가 앙상하게 숨을 거두었을 때 네게 물었다. 그 계절의 이름은 무엇이냐고. 너는 울음과 미소가 동시에 담긴 표정을 지었다. 그러고는 나지막이 말했다. 꿈이라고 말이다.

나는 겨우내 네게 어깨를 내어주었다. 어깨가 젖어 드는 것 같아도 구태여 울었냐고 묻지 않았다. 우는 소리가 들리지 않도록 노래를 읊조려 주었다. 자장가 속에 숨겨 사랑을 불러주었다. 너는 한바탕 울고는 뒤늦은 겨울잠에 들었다. 네가 흘린 온기가 식지 않도록, 나도 그 위에 울음을 흩뿌려 주었다. 깊은 잠에 빠진 너를 살며시 들어 기댈만한 나무 곁에 고이 놓았다. 네가 춥지 않도록 겉옷을 모두 벗어 덮어주었다. 잠든 너의 손을 포개어 잡고 그 위에 이마를 대었다. 나지막한 목소리로 사랑을 속삭인 후에 무거운 발걸음을 뗐다.

나는 눈밭을 파고 들어갔다. 너의 꿈을 만들러 간 것이다. 구덩이가 넉넉히 깊어질 즈음엔 눈을 가득 담아야지. 거기에 저마다의 눈물도 진탕 채워야지. 네가 잠에서 깰 즈음이면 연못이 되어 있을 것이다. 가장 깊은 곳엔 내가 있다. 정신을 차린 너는 나의 공백을 눈치챘겠지. 그러고는 나마저도 결국 떠난다고 울어대겠지. 바다를 보며 자란 너는 여지 없이 물가에 걸터앉았다. 그러고는 조용히 너의 마음을 털어냈다. 너는 물에 비친 너의 얼굴을 봤겠지만, 나는 그 속에서 울먹이는 너를 보았다. 저마다의 울음에 나의 것도 몰래 흘려보냈다. 곧 너의 눈물도 떨어졌다. 네가 흘린 마음은 유독 짙고 무거워서, 단번에 내게로 뜨겁게 파고들었다. 너는 그 틈새로 나를 희미하게 보고는 고개를 갸우뚱했다. 나는 들키지 않고자 몸을 한껏 웅크려 바위인 척했다.

지구는 왜 하필 원형의 형태를 띠어서 저마다의 아픔이 저물지 못하게 하는가. 순애하는 마음도 한껏 머물게 하니 어떻게 보면 똑같은 것인가. 여하튼 너는 걱정하지 않아도 된다. 너의 슬픔을 모두 끌어안을 내가 있다. 그렇다. 슬픔이 쉬어갈 계절이 온 것이다. 온통 바스러지더라도 기어코 단 하나의 아픔도 놓치지 않으리. 지구를 둘러 다시 도달하지 않도록 너의 슬픔만 골라 온전히 끌어안아야지. 넘치지 않게 넉넉히 파두었으니 마음 놓고 울어도 된다. 너를 사랑하는 것은 내가 원하는 대로 된 적이 없으니, 너의 슬픔을 살아내는 것 정도는 나의 마음대로 하고 싶다.

그래서 우리가 만들었지만, 나만 아는 계절이 있다. 꿈을 꾸어야 할 시간이 곧 다시 온다. 나는 어느덧 거의 메워진 마음을 파러 다시 내려간다. 이번엔 많이 울지 마라. 내가 보일라.

언제나

더는 누구도 사랑하지 않겠다고 생각하던 때가 있었다. 아니 어쩌면 사랑할 수 없다는 표현이 정확할지도 모르겠다. 그리고 그 생각을 이뤄내는 건 어쩌면 쉬웠다. 다가오는 감정에도, 일어나는 상황에도, 내 마음은 요동하지 않았다. 그리고 혼자인 삶에 익숙해진 나는 그 삶을 온전한 것이라 여겼다. 그리하여 사람들은 내게서 친절함을 발견하곤 했지만, 그 이상의 따뜻함은 발견하지 못했다. 어쩌면 나는 마음이 호흡하지 않던 사람이었던 걸지도 모른다.

그런 나의 마음이 너로 인해 호흡했다. 따뜻한 사람이 되고 싶다는 꿈을 꾸게 되었다. 그래서 언젠가 너의 마음이 외로이 쓰러져 있을 때, 나의 따뜻함을 너에게 주고 싶다는 생각을 하게 되었다.

네 덕에 내 마음에도 온기가 존재한다는 사실을 배웠다. 그리고 이 온기는 온전히 너의 것이다. 그러니 네 마음이 호흡하기 버거울 때 언제든 주저하지 않고 다시 와주길. 여전히 난 그 자리에 서 있을 테니.

그래도

그래도 괜찮다

그럼에도 괜찮다

그러니 너무 애쓰지 말기를

너무 힘들지는 말기를

설령 그렇게 되어도

그래도 괜찮다

독백

고즈넉한 새벽입니다. 눈꺼풀이 무르게 감깁니다. 텔레비전에서 흘러나오는 노랫소리를 자장가 삼아 잠을 청합니다. 볼륨을 한껏 낮추니 속삭이는 것 같아요. 가사는 들리지 않아도 마음은 느껴집니다. 한창 꿈을 꾸려고 하는데, 어떤 목소리가 나를 깨웁니다. 근원지를 찾으려 해도 보이지 않습니다. 고개를 살짝 들어 두리번대는데 답답하다는 듯이 그쪽이 아니라고 합니다. 그랬습니다. 내 속에서 불러대는 소리였습니다. 나는 그제야 다시 눈을 감고 스스로를 마주합니다. 평소 같았으면 모른 척 눌러두었을 마음인데, 지금은 온몸에 힘이 빠져 그럴 여력이 없습니다. 검은 화면에 비친 자기 모습을 멍하니 응시하는 모양새로 고단한 대면을 시작합니다.

무슨 일이냐고 묻자 힘들답니다. 무엇이 그리 힘드냐고 물으니 사랑하는 것이 벅차답니다. 밤이 어두울 시간에 데려다주고서 혼자 돌아가는 길이 외롭답니다. 상대의 꿈속의 내가 벌인 잘못에도 미안함을 품어야 하는 것이 이해되지 않는답니다. 누릴 만한 고요함을 깨고, 다른 존재를 초대하는 것이 반갑지 않답니다. 주저앉아 기대고 싶은 고단함이 찾아와도, 넉넉히 어깨를 내어주어야 하는 것이 버겁답니다. 이따금 소리 없이 눈물을 비워내야 하는 순간이 생겼다는 것을 알지 않냐고 되묻습니다. 나는 한동안 침묵했습니다. 맞은 편의 마음도 같은 자세로 가만히 있었습니다. 호흡 소리만 규칙적으로 오가던 찰나에 나는 독백하듯 말했습니다. 그래도 사랑하는 걸 어쩌겠냐고요. 그러고는 동시에 똑같은 표정으로 호탕하게 웃었습니다.

가끔은 힘든 순간도 있습니다. 새로 만난 아픔의 순간도 있고요. 아직 완연히 복원되지 못한 눈물도 있습니다. 그런데 모든 버거움을 뛰어넘을 정도로 당신을 사랑합니다. 어느덧 당신을 생각하는 것이 내 하루를 가득 채웠습니다. 그치지 않고 사랑을 말해주고 싶습니다. 언제나 미소만 짓게 해주고 싶습니다. 그렇기에 어쩔 수가 없습니다. 당신을 한껏 사랑할 수밖에요.

우리 영원할 수 없고, 끊임없이 변하기를 반복하겠죠. 그러니 한순간의 후회도 남지 않도록 부단히 사랑합시다.

어린 아이 같은 마음

오랜만에 기차를 탔습니다. 처음으로 떠나는 정처 없는 여행입니다. 첫 식사를 할 곳만 알아보고 아무것도 정하지 않았습니다. 나는 금세 꺼져 버리는 기차표 화면만을 손에 꼭 쥐고서 두서없는 마음들을 찾으러 갑니다. 기차를 타면 여러 풍경을 볼 수 있습니다. 감상할 틈도 없이 서둘러 지나가 버리지만, 그래도 눈에 머금기엔 충분한 시간입니다. 정확한 위치도 모르는 그곳엔 천이 있었습니다. 우거진 나무 사이에 있는 그곳은 강이라 불러도 손색이 없을 만큼 꽤 규모가 있었습니다. 한편에 걸리는 것은 물가의 색이 초록색이었습니다. 주위 나무를 비춰 내느라 그런 것인지 그 자체가 초록빛을 띠는 것인지 알 수는 없지만, 그런 물가를 보는 것은 먹먹한 이질감을 주었습니다. 얼마 지나지 않아 포항에 도착했습니다. 나는 주저하지 않고 바다에 갔습니다. 적당히 흐렸던 날씨는 바다를 더욱 푸르게 했습니다. 무결한 푸른빛을 등에 업고, 바다는 자신감 넘치는 모습으로 일렁였습니다. 물가는 푸른색을 띨 때 가장 예쁩니다. 초록은 초록이 있어야 할 곳에 있을 때 가장 아름답습니다. 당신과 나도 다르지 않습니다.

당신의 마음을 처음 물었던 날이 기억이 납니다. 우린 밤이 새도록 마음을 속삭였습니다. 누군가 당신에 관해 물을 때면 나의 대답은 항상 같습니다. 당신은 참 어린 아이 같은 마음을 가진 사람입니다. 당신의 마음은 하얀 도화지 같습니다. 그래서 어느 색으로도 물들기 쉽습니다. 당신의 마음이 하얀 그 자체로 살아가게 해주고 싶었습니다. 그것이 내가 당신을 사랑한 첫 마음이었습니다.

밴드 공연에서 mute 하는 것을 좋아합니다. mute는 말 그대로 곡을 연주하다가 잠깐 멈춰 정적을 만드는 것입니다. 일말의 독백 동안 관객과 연주자 모두 숨소리조차 내지 않습니다. 이후 어느 때보다 큰 소리로 단번에 적막을 찢고 가장 전달하고 싶은 메시지를 노래합니다. 그 순간은 이루 말할 수 없는 전율입니다. 황홀한 순간은 완연한 고요 뒤에 찾아옵니다. 그러니 당신의 마음이 침묵 속에 빠진 것 같아도 구태여 다른 모습으로 살기를 택하지 않았으면 합니다. 어둠도 비추어 낼 찬란한 마음이 오려나 봅니다. 여느 때처럼 당신이 아이같이 웃었으면 좋겠습니다.

서로의 마음을 기대요

노력만으로 되지 않는 일이 많습니다. 저마다의 여력이 다르다는 것은 알지만, 주어진 결과에 만족할 수 있는 마음이라도 되면 얼마나 좋을까요. 왜 꼭 누군가는 설움 품은 눈물을 흘려야 하는 것일까요. 당사자가 되는 것도 편치 않지만, 소중한 이들이 터트리는 울음 앞에서는 의연한 얼굴을 지어내기가 벅찹니다. 끌어안고 같이 울기라도 하면 다행인데, 앞에서 무르게 있다가 돌아와 홀로 울음 지으면 그것만큼 후회되는 것도 없습니다. 얼마나 마음을 쏟았는지 누구보다 잘 알아서 더욱 그럴 겁니다. 고이 담아냈던 매일의 마음이 찰나의 곱씹음도 되지 못하고 저물어야 할 때가 있습니다. 받아들여야 한다는 의무감과는 별개로 사무치는 아픔은 어쩔 수가 없습니다. 글자로 써지면 간직하지도 못합니다. 본연의 향을 잃고 퇴색합니다. 그러니 마음이 모두 달아나 버리기 전에 껴안아 주세요. 무거운 눈물 떨어뜨려 도망가지 못하게 붙잡아 주세요. 그래도 눈물 흘릴 수 있는 마음이라 다행입니다. 저마다의 포옹이 모일 때 비로소 사람의 형태를 띱니다. 기대어 버티는 게 우리입니다. 두 팔 벌려 품을 내어줍시다. 흔들리며 걷는 것이 부끄럽지 않도록 우리 다 같이 춤을 추며 갑시다.

당신의 노력은 결코 물거품으로 전락하지 않습니다. 우리가 더욱 단단히 끌어안도록 할 거예요. 줄어들지 않을 온기를 나누게 할 겁니다. 새로 마주할 하나의 사랑이 될 겁니다. 당신의 발걸음이 하염없이 제자리에 있는 것만 같더라도 서글퍼 멈춰 서지 않았으면 합니다. 마주한 현실이 당신을 울리려 하더라도 혼자 감당하려 애쓰진 않았으면 좋겠습니다. 당신이 흘린 마음 내가 놓치지 않고 모조리 주울 겁니다. 그러고는 당신의 여력이 될 때까지 품에 안고 기다릴 겁니다.

괜찮아지면 나를 봐주세요. 양손 가득 쥐고 달려갈게요. 우리 끌어안아요. 서로의 마음을 기대요. 우리 부단히 행복해요.

사랑하기 바빠서

부산에서 청년 시절을 보낼 때 저를 가르쳐 주셨던 목사님을 뵈었습니다. 저는 이 목사님과 시간을 보내는 것을 참 좋아합니다. 삶으로 울림을 주는 분이셔서 그렇습니다. 보통은 대화하기 위해서 카페에 가는데, 우린 특이하게도 항상 맥도날드에 갔습니다. 가장 기억에 남는 대화를 했던 그 날도 그랬습니다. 시동을 걸면 덜덜 소리가 나던 교회 봉고차를 타고서 맥도날드로 향했습니다. 도착해서 우리는 바깥 8차선 도로가 잘 보이는 자리에 앉았습니다. 오레오 맥플러리 두 개와 감자튀김을 시키고서 여느 때처럼 대화했습니다. 제가 가진 고민을 털어놓던 찰나에 불현듯 내용이 저의 약점을 말하는 것으로 이어졌습니다. 이따금 생각해 왔던 저의 단점을 하나씩 꺼냈습니다. 목사님은 한참을 아무 말 없이 들으셨습니다. 그러다 살짝 공백이 있을 즈음에 아이스크림을 푸시면서 슬며시 말을 건네셨습니다.

'아니야 너 약점 없어. 지금도 이뻐.'

넌지시 건넨 한마디가 살아가고 싶은 삶의 모양이 되었습니다. 아마 목사님을 만나 이 얘기를 전달해 드려도 기억 못 하실 것 같습니다. 그러나 때론 지나가며 슬쩍 건넨 말이 더욱 큰 울림을 만들어내기도 합니다. 많은 신경을 쓰지 않고 한 말이 되레 그 사람의 진심을 깊게 드러내는 것 같습니다. 생각이 아니라 마음에서 흘러나온 것이기 때문입니다. 제 삶에도 그런 말이 많았으면 좋겠습니다. 사랑하기 바빠서 약점이 보이지 않는 순수한 삶을 살아가고 싶습니다.

오롯이

얕은 물가를 거닐다 미끄러졌습니다. 그리 깊지는 않았는데, 넘어진 자세 때문인지 순간적으로 발이 닿지 않았습니다. 나는 심히 당황하고서 거세게 버둥댔습니다. 그럴수록 물만 넉넉히 먹게 됩니다. 숨쉬기가 버거워진 나는 이내 몸부림을 멈췄습니다. 마음이 한껏 먹먹해졌습니다. 일말의 희망만 품고서 하늘을 향해 손을 쭉 뻗었습니다. 그러니 기다렸다는 듯이 내 팔을 불쑥 끄집어내더라고요. 겨우 물 밖으로 건져진 나는 누리지 못했던 숨을 몰아쉬었습니다. 물가는 생각했던 것보다도 더 얕아 적잖이 민망했습니다. 나조차도 멋쩍어하는데 날 구한 손은 숨쉬기도 어렵게 나를 꽉 끌어안습니다. 그러고는 연신 괜찮다며 나를 토닥여요. 어라, 분명 괜찮았는데 갑자기 왜 이럴까요. 쌓였던 설움을 몰아서 쏟아내듯 이제야 제대로 된 품에 안겨서 엉엉 울어요.

무던히 살아가고 있다고 생각했는데, 정신을 차려보면 항상 물가에 빠져 있습니다. 그러고는 어김없이 버둥대기를 반복합니다. 내 힘으로 빠져나오려고 부단히 노력하다가 이내 포기하고 손을 뻗습니다. 어김없이 나를 붙들어 주는 손이 있습니다. 끄집어내지고는 헉헉대고 있는데 당신을 봐버린 거예요. 당신은 바위 위에 서서 신기하다는 듯이 나를 쳐다봤습니다. 그러고는 나에게 천천히 다가오더니 손수건을 건네줬습니다. 나는 그날 다짐했어요. 만약 당신이 물가에 빠진다면, 내가 당신을 구해주겠다고요. 당신이 버둥댈 때 내가 단번에 끌어안아 일으켜 주겠다고요. 그러고는 되뇌어 등을 쓸어주겠다고요. 넉넉히 품을 내어주고 싶었어요.

상황이 바뀌어도. 세상이 변해도. 우리 얼굴에 본 적 없던 주름이 늘고, 적잖이 세월에 익어도. 함께 나누는 마음이 익숙해지더라도. 항상 최고의 모습만 보지는 못하더라도. 언젠가 서로의 바닥을 보게 되는 날이 오더라도. 때로 우리의 걸음마다 폭풍이 쫓아오더라도. 빠져나갈 곳 없이 그 가운데 머물러야 할지라도. 나는 오롯이 당신을 사랑할래요. 이젠 온전한 믿음을 건네려 버둥댈래요. 내가 받아온 사랑처럼 당신의 존재를 사랑하고 싶어요.

그러니 건강만 해주세요. 우리 오래 사랑해요.

네가 없는 하루

네가 없는 하루를 보내는 것이 그리 버겁지 않았다. 멋대로 집 밖에 나와 마음에 드는 숫자의 버스를 탔다. 광화문을 지날 즈음 그곳에 내렸다. 처음 보는 거리를 넉넉히 머금으며 그냥 걸었다. 사람이 어중간하게 차 있던 노포 식당에 가서 칼국수를 먹었다. 추적하게 내리는 빗소리를 즐기며 조금 걸었다. 널찍한 입구를 자랑하는 대형서점을 발견하고서 들어갔다. 이제껏 가본 서점 중 가장 컸다. 있고 싶을 만큼 둘러보다 그러고 싶어서 나왔다. 어둠이 깔린 광화문 거리를 조금 더 걸었다. 오랜만에 연락이 닿은 친구와 잠깐 만났다. 못다 한 얘기를 하며 한참을 웃었다. 그러다 서로가 그러고 싶어져서 다음을 기약하며 헤어졌다. 집으로 들어가기 전에 24시간 운영하는 카페에 갔다. 아이스 아메리카노 한 잔을 주문하고서 카운터와 가장 먼 곳에 자리를 잡았다. 오전 2시가 넘자, 카페에는 나를 포함해서 세 명만 남았다. 목소리도 알지 못하는 우리는 은근한 소속감을 가진 채로 각자의 책을 읽었다. 오전 4시가 조금 넘자, 두 명은 내게 가벼운 눈인사를 건네고서 짐을 챙겨 나갔다. 나는 그 뒤로 한참 더 글을 쓰다가 그러고 싶어져서 집에 갔다. 새벽이 건네는 햇살은 포근했다. 네가 사라진 하루는 나의 바람들로 가득 찼다. 오랜만에 느낀 자유는 다가올 내일이 기대되게 했다. 그런데 참 이상하게도, 그날 메모장엔 너와 가고 싶다며 적어놓은 식당 이름이 있다. 너를 생각하며 끄적인 단어들이 있다. 분명 혼자 있는 것이 더 편했는데, 가는 곳마다 너랑 오고 싶었다.

무언의 사랑

언어가 없었을 땐 사랑을 어떻게 전했을까요. 문득 궁금해졌습니다. 고민을 되뇌며 당신을 올려다봐요. 당장이라도 사랑을 말하고 싶었지만 참았습니다. 그러고는 내가 사랑이라 불러온 것을 기억하고자 애썼습니다.

헤어짐이 아쉬웠던 만남을 기억해 봅니다. 완연한 이별도 아닌데 괜스레 마음이 착잡해지곤 했습니다. 무언가 좋은 것이라도 손에 쥐여 보내고 싶었습니다. 그러니 가지 말라는 말은 하지 못했지만, 대신 쥐여 보낸 원형 통의 과자가 나의 사랑이었습니다. 마음이라도 건네주어 함께하고자 했습니다.

참지 못하고 터트렸던 울음을 기억해 봅니다. 그러면서도 뒤돌아 울고자 했던 모습입니다. 창피했던 건 아닙니다. 그렇다기보단 슬픔을 전가하고 싶지 않았습니다. 웃는 모습만 보여주고 싶었습니다. 그러니 뒤에서 그네를 열심히 밀어주는 모양새로 가까이서 숨어서 울었습니다. 하지만 아무리 숨겨봐야 서로 다 알고 있습니다. 얕은 숨소리만 들어도 마음을 알 정도로 함께한 시간이 길었거든요. 그래도 기어코 모른 체를 해줍니다. 슬픔마저도 넉넉히 누리도록 기다려줍니다.

숲에게 푸르기를 강요했던 순간도 있었네요. 무언가 저무는 것이 무서웠습니다. 소리를 치진 않았지만, 시위하듯 하루 종일 숲을 걸었습니다. 다 거닐고는 뿌듯한 마음으로 나무에 기대어 앉았습니다. 그런데 머리 위로 나뭇잎이 나풀대며 떨어지더군요. 나는 한껏 속상해졌습니다. 그러면서도 재빨리 나뭇잎을 품속에 숨겼습니다. 숲이 흘린 상처를 아무도 못 보게 감춰주고 싶었어요. 숲 자신마저도 눈치채지 못하게 가장 깊은 곳에 묻어 두었습니다. 내가 대신 감내하고 싶었습니다.

당신의 손을 잡고 무턱대고 달렸던 순간도 있었네요. 그날은 당신의 표정이 유독 울적해 보였거든요. 무작정 달리다가 눈에 들어온 지하철역으로 들어갔어요. 당신은 처음엔 연신 당황해했다가 이내 웃으며 같이 뛰었죠. 막 도착한 지하철에 타고는 처음 보는 이름의 정거장에 내렸습니다. 우린 새로운 공간을 여유롭게 걸었어요. 아무 말 없이 손만 잡고서요. 사랑한다는 말 한마디 없이도 넉넉히 사랑을 주고받았습니다.

나는 생각을 마무리하고서 당신의 손을 덥석 잡았습니다. 그러고는 무턱대고 그 위에 입김을 불었습니다. 당신은 손이 시리던 것을 어떻게 알았냐고 물어보더군요. 별다른 마법을 부린 것은 아닙니다. 그냥 내 손도 시렸거든요. 그러니 자연스레 당신 생각이 났어요. 좋을 만한 것을 마주치면 당신이 가장 먼저 떠오릅니다. 당신의 미소가 내 사랑의 원동력이에요.

당신은 연신 웃으며 내게 말을 걸었지만, 나는 대답하지 않았습니다. 하염없이 입김만 불어댔습니다. 그러니 당신도 이내 말하기를 멈추더니 내 머리를 부드럽게 쓰다듬더군요. 나는 두 눈을 꼭 감고서 마음속으로 사랑을 무한히 되뇌었습니다. 맞잡은 손을 통해 흘러가길 바랐어요. 무언의 사랑을 전하고 싶었습니다. 언어로는 담을 수 없을 만큼 당신을 벅차게 사랑합니다.

그게 내 사랑이었다

나는 너에게 소위 말하는 아재개그를 참 많이 했다. 틈만 나면 해대는 나에게 너는 여러 표정을 보여주었다. 물론 대부분은 눈썹을 한껏 찡그리며 무슨 말이냐고 되물었다. 그래도 가끔은 아이 같은 표정으로 활짝 웃어주었다. 너는 몰랐겠지만, 나는 꽤 많이 공부해야 했다. 줄곧 그런 분야에는 관심이 없었기 때문에 많은 정보를 얻어야 했다. 유튜브 강의를 보며 노트에 필기도 했던 나는 꽤 열심이었다. 너에게 자연스러워 보이기 위해 연습도 해야 했다. 길을 걸으면서 혼자 중얼거리던 습관은 아직도 미약하게 남아 있다. 연습이 꽤나 효과가 있었던 것일까. 너는 내가 아재개그 마니아인

줄로 착각했던 것 같다. 종종 미디어에서 아재개그를 발견하면 들떠서 허둥대며 보여주던 네 모습이 기억난다. 앞서 말했듯 아재개그를 그다지 좋아하진 않는다. 그래도 기대에 찬 너의 무해한 미소가 더 보고 싶어 구태여 정정하진 않았다. 나는 지금 즈음에야 너의 웃음 코드를 파악했다. 그래서 애써 큰 노력을 들이지 않아도 네가 미소 짓게 할 수 있다. 하지만 이상하게도 그때의 너를 웃기려던 내가 간혹 그리울 때가 있다. 네가 이 소식을 들으면 뭐 하러 그리 애썼냐고 할 수도 있겠지만, 그냥 그렇게라도 너를 한 번 더 웃게 해주고 싶었다. 그게 내 사랑이었다.

이미 온전한 사랑

긴 밤, 해가 온전히 저물었다가 다시 뜰 동안 깨어 있을 때가 있습니다. 그동안 똘망똘망 깨어 무얼 했냐고 물었죠. 환영받지 못하는 존재들을 부여잡고자 했습니다. 나를 포함해서요. 완연한 파랑의 하늘을 생각하기보다, 벅찬 마음을 머금느라 힘겨워하는 먹구름에 대해 생각했습니다. 해가 오롯이 뜬 세계보다, 어중간하게 빛을 품어내는 초새벽을 생각했습니다. 불쾌한 땀에 축축이 젖어야 하는 여름밤의 무더위를 생각했습니다. 급작스럽게 몰려오는 소나기를 포함해서요. 마냥 온전하지만은 않은 모습을 잊지 않으려 노력했습니다. 그러한 모습의 나를 기억하려 한 것입니다. 긴 밤 몰려오는 사랑에 내가 주었던 아픔을 미화하고 싶지 않았습니다.

그러니 주로 머금어지지 않는 것들과 대면하고자 하는 것입니다. 그러한 것을 마주할 때면 겸허해집니다. 나는 한 손을 하늘을 향해 치켜들고서 당신을 생각하기 시작합니다. 불완전한 나의 모습을 올곧게 모두 받아들입니다. 도망치지 않고 온전히 후회합니다. 다른 것에 대한 생각이었다면 여기서 그쳤겠지만, 당신에 대한 마음이니 그럴 수는 없습니다. 나는 내가 할 수 있는 방식으로 사랑을 다시 시작합니다. 온통 비운 여백에 새로운 사랑을 채워 넣습니다. 당신에게 주고 싶은 애정의 방식을 적어 넣습니다. 불변의 마음이라기보다는 변함없고자 하는 마음입니다. 그렇습니다. 나는 애쓰고 싶었습니다. 그리고 그런 마음을 보여주고 싶었습니다. 내일이면 변질되어 다시 비워내야 할 마음이지만, 최선의 것을 넣고자 버둥댑니다. 언젠간 비워내지 않아도 이미 온전한 사랑을 할 수 있을 날이 오겠죠. 그러한 사랑을 흘려보내고 싶습니다.

맺음글

사랑하는 말들

문득 저의 문장에 울림이 있으면 좋겠다는 소망을 갖게 되었습니다. 마음을 범람하게 할 만한 힘이 있었으면 합니다. 당신은 제 글을 보면서 무언가 모를 감정의 뭉침이 있으셨나요. 미약한 떨림이라도 전달되었으면 좋겠습니다. 저는 어떠한 말들을 사랑했었나 떠올리고 싶어 잠깐 눈을 감았습니다.

안온한 밤이 되라는 말을 들었던 첫 순간을 기억합니다. 부끄럽게도 그 말의 뜻도 몰랐던 어린 저는 뜻을 되물었습니다. 그리고 입술을 가볍게 물고서 고민하던 상대는 이렇게 말했습니다. '너 같은 느낌이야.' 그래서 저는 아직도 안온하다는 것을 그렇게 이해하고 있습니다. 이따금 누군가에게 마음을 주고 싶을 때면 안온한 밤을 보내라는 인사를 합니다.

갑작스레 내리던 그날의 여우비를 기억합니다. 우리는 문을 닫은 약국 간판 밑에 숨었습니다. 그러고는 비가 간판을 두드리는 소리를 묵묵히 들었습니다. 그러다 동시에 서로를 바라보고는 약속이나 한 듯 발걸음을 내디뎠습니다. 흩날리는 비를 넉넉히 누렸습니다. 하늘을 향해 손을 뻗으며 상대방은 말했습니다. '나도 언젠간 비가 되어 보고 싶다.' 이제 당신은 없지만, 여전히 비는 옵니다. 우산을 쓰고 길을 걷다가 문득 당신 생각이 나서 우산을 접었습니다. 고개를 치켜드니 빗방울이 보입니다. 당신이 걸어오는 걸까요. 저는 당신을 온전히 맞습니다.

먹구름이 들어섰지만 비는 내리지 않았던 한여름 날을 기억합니다. 2층이라 부르기 민망했던 창가 자리에서 우린 한동안 적막을 머금었습니다. 침묵을 깨고 상대는 저에게 물었습니다. '너는 어떤 사람이 되고 싶어?' 마른침을 세 번 넘길 즈음 저는 자그마한 목소리로 대답했습니다. 한결같은 사람. 맹렬히 타오르는 불꽃은 아니라도, 영원히 식지 않을 온기가 되었으면 합니다. 언제든 당신이 쉬어갈 만한 여백이 있는, 그런 한결같은 마음이 되고 싶습니다.

사랑은 어떤 힘을 가지고 있을까요. 각자의 사랑이 다르겠지만 저의 사랑의 대답은 확고합니다. 모두가 아니라고 해도, 그럼에도 불구하고 그렇게 하도록 하는 힘. 저는 저의 사랑에게 이런 마음을 주고 싶었습니다. 내가 너를 기억해. 내가 너를 포기하지 않아. 내가 너의 마음 알아. 설령 세상 모두가 아니라고 해도, 너조차도 네가 싫어지는 순간이 와도, 그럼에도 불구하고 나는 너를 사랑해.

글을 읽는 당신께도 제가 사랑하는 말을 들려주고 싶었습니다. 각 부의 이름으로 정했는데 맘에 드셨을지는 모르겠습니다.

당신의 삶에도 한결같은 사랑이 찾아가길 바랍니다.